目錄

冥畫
梅洛琳 著
人行人道，鬼行鬼道，本就是兩個世界；
如若不慎干擾，陰陽必將大亂。
他屏著氣看著桌上那層薄紗，薄紗底下便是《覺醒圖》，
而現在圖中……柳畫娘正爲厲鬼所擒。

第一章　相識

春雨綿綿。

雨絲打在竹葉、竹節上面，發出細碎的敲擊聲，剛開始的時候乏人注意，等到雨勢漸大，才讓人有所驚覺。

柳畫娘看著外面的天氣，不由得嘆了口氣。

再這樣下去的話，她還沒完成覺明寺託她畫的《眾生覺醒圖》，這上好的玉版宣紙也要發霉了。

望著桌上的玉版宣紙，似也染上一層濕意。

打雷了。

這《眾生覺醒圖》，乃是覺明寺的長老為達警世之意，勸人諸惡莫作、諸善

第一章　相識

多行，特請畫藝精湛的她繪製十八層地獄圖，讓眾生明白，現世所作的惡孽終有獲得報應。

為了繪製《眾生覺醒圖》，她可是從毛邊紙、竹簾紙、清水宣紙、淳化宣紙等各色上等紙質中，挑選出玉版宣紙，她不僅在畫藝上，對紙類也費了一番功夫。

似黑似藍的天空落下一道閃電，風勢更強勁了。

柳畫娘微微打了個哆嗦，她關上了窗。既然這雨打亂了她今日作畫的興緻，何不收筆，擇期再續？

剛忖著，一聲雷鳴畫過天際——

轟隆！雨勢轉為滂沱。

春雨惱人哪！

將宣紙收起，柳畫娘拿著筆硯轉過身，正準備將畫具歸位，卻冷不防被牆上的鍾馗像嚇了一跳。

她也太漫不經心了，這鍾馗像不是她親自掛上去的嗎？

伴隨閃電一瞬的光明，那鍾馗猶似要從畫裡跑了出來。

這幅捉鬼師乃是前朝人士所畫，畫風粗獷，落筆細膩，以對比的黑紅兩色勾勒出濃烈的色彩，賦予鍾馗強烈的神韻。但見他銅眥裂目、濃鬢粗髭、氣勢駭人、亦正亦邪。也許就是因為如此，所以小鬼們才怕這鍾老吧？

至於這幅畫乃由城東邵家所收藏，而為了揣摩捉鬼意境，賦予《覺醒圖》新生命，她特地向原主邵瑾嵐借覽，邵瑾嵐也很大方地答應了。

和著外頭的雨聲，再加上這陰暗的天色，柳畫娘彷彿聽到了鬼哭神號、淒厲萬分……

她為畫而生，畫為她而活。

柳畫娘這個名字並非她的本名，她的閨名少有人記得，不過眾人都這麼叫，她也不加以糾正，甚至日久就以「畫娘」自稱。一位花信之年的單身畫師，總是會惹人注目，柳畫娘無置可否。從小她對繪畫就興趣濃厚，舉凡人物、山

第一章　相識

水、花鳥、走獸，各朝的畫風筆法她都鑽研。半是興趣半是天賦，也就不在乎自身歸宿了。

幸而柳家尚有良田數畝，平日收取租金已夠過日，餘下的時間她都在鑽研畫技。她並沒有一般文人的高傲氣骨，獨善其身；她也不是畫匠，為利益而拼命作畫。她只畫她想畫的、給想看的人看畫，其他倒也沒什麼刁難。

她有重心，日子絕不難過。

※　※　※

雨勢說來就來，仇端平猝不及防，濕了一整件衣裳。但他無暇抱怨，只想趕快找個地方避雨。

天際像洩了個大口，雨水不斷的澆灌在大地上，也沒顧及地面是否承載得了這麼多雨水。

太好了！仇端平看到一間屋子，心想可以避雨了，他衝上前拍著門：

「裡面的，借一下躲雨……」

「匡噹！」

仇端平眉頭一蹙，發生什麼事了嗎？警覺性頗高的他，迅速的跑到窗口邊探頭。

哈！好個歹徒！光天化日之下竟然敢闖進民宅，太目無王法了吧？瞧他裂嘴齜牙、張牙舞爪，像是要把人吃了的模樣，未免太過囂張？而他面前還站著位姑娘。但那姑娘也不跑也不叫，莫非被嚇壞了？情急之下，他推開窗子翻身進去。

「誰？哪裡來的歹徒？」柳畫娘驚叫一聲。

仇端平沒應答，只是取出背後的伏魔劍，朝那兇神惡煞一劃，意欲嚇唬；卻只見對方不閃不躲，當場斷成兩半。仇端平驚了，劍停在半空中，說不出話來：他殺了人嗎？

不，他其實是毀了一幅畫。只見鍾馗斷成兩截，輕飄飄的落到地上……

第一章　相識

柳畫娘看著這名闖進來的粗魯男子愣在原地。鍾馗畫就在她面前被毀，而她什麼都來不及說、什麼都來不及救。

「你在做什麼？」她嚷了起來。

仇端平抬起頭來，見適才的女子大喊，兩眼充滿怒意，齜牙裂嘴，兩手緊握成拳。

「呃……對不起。」仇端發現自己惹禍了。

柳畫娘蹲了下去，撿起鍾馗畫像，心像是要碎了。任何一幅畫她都捨不得毀損，而這個男子竟然輕易的就毀了一幅珍品。

她站起身，徐徐抬起頭，眼神充滿怨懟。仇端平見狀，趕緊解釋：

「我剛剛聽到裡頭有聲音，以為出了什麼事才跑了進來，沒想到毀了妳的畫，真的很對不起。」仇端平從來沒有這麼尷尬過。

「聲音？」

「是啊！好像是什麼東西掉落的聲音。」

「那是因為我聽到外面有人在敲門，突然嚇了一跳，才把硯臺掉在地上。」柳畫娘這裡甚少有人，今日天色陰沉、又突聞異響，她才嚇得驚叫。

仇端平看柳畫娘拿著畫失魂落魄的樣子，感到無限內疚，於是繼續道歉：「如果要賠償的話，我責無旁貸，妳說要多少錢？」仇端平掂掂腰際的銀子，不知道夠不夠？

柳畫娘瞇起眼看著這名男子，倒是清眉俊目，線條剛毅，只是衣衫襤褸，一個包袱斜斜的綁在身上，拿著一把劍，臉上還有雨水淋過的狼狽，是個莽撞的武夫，這種人怎麼會了解畫的價值？

「你出去。」她冷冷的道。

「姑娘……現在外面在下雨耶！」

「出去！」她的口氣變重。

「好、好，我出去就是了。」誰叫他毀了人家的畫呢？仇端平認命的離開。

打開大門，雨仍唏哩嘩啦下個不停。仇端平摸著單薄的衣裳，還好他身強體壯，這點寒意不算什麼，不過還是先躲個雨吧！

※　※　※

柳畫娘捧著畫煩惱，這下該怎麼跟邵瑾嵐說明呢？

這邵瑾嵐也是惜畫之人，兩人常彼此切磋琢磨，託他的福，她才得以窺邵家的私藏，博覽版畫；且覺明寺的《眾生覺醒圖》下個月就要呈交了，靈感來源鍾馗畫像又出事了，自己該怎麼辦？

轟隆！雷聲隆隆，她的心情更加煩悶。

不過晌午，天色如同闇夜，雨勢陡地增大，潑上了濃濃的墨色。對於窗外的瞬息萬變，柳畫娘僅分得出來搖晃不已的樹身、遽然落地的雨勢，以及令人屏息的詭異的天色了。

一道銀白的閃電劃過天際，注入的一點光明同時讓她看見了什麼：有名無頭人站在窗外。

她的臉色頓然慘白。

身穿披甲、胸嵌護胸、手持利刃，肩上的徽章及服飾證明他的身分是將軍，倏然站在屋內。明明沒有頭，柳畫娘卻能感到對方正在「看」著她。

她的喉頭動了動，卻發不出聲。無頭之人向她走來，而在雨勢滂沱的地上，清晰的金屬步伐聲敲擊她的耳膜……她駭然想要求救，卻喊不出聲音。

人怎麼會沒有頭呢?難道他不是人?既然不是人的話，那就是……顫慄遍及柳畫娘全身，使她無法動彈。

轟隆!雷響打醒了她的神智，柳畫娘放聲尖叫。

※　※　※

坐在門口的仇端平被尖叫聲嚇了一大跳，定了定神，才發現是屋內那個女人。但剛才他已經惹了禍，當然不會再去找麻煩，索性自顧自的歇息。

碰啷!是重物落地的聲音。

不對，還有其它的動靜……而且空氣波動不對。在擁有道術的叔公身邊待了那麼久，他也學得一身技藝，對異常的事物特別敏感。仇端平疑心大起，但又顧及適才的魯莽，不知該不該衝進去？最後決定拍門叫喚：

「姑娘，妳怎麼了？姑娘？」

「不要……不要過來……」

難得自己不計前嫌關心她的安危，她竟然這樣對待自己？正待縮回手，又聽到一聲叫喊。仇端平感到頭皮發麻，這樣淒厲的叫聲肯定是出了意外，他決定一探究竟。

「姑娘，我進來了。」

仇端平邊叫喚邊推開門，屋內外同樣墨黑，他根本看不清裡頭的狀況；也不知是不是他打開門的關係，他感到空氣流通的特別強烈，而淋到雨的肌膚，因這寒風吹襲而更加冰冷。

雨勢突然減弱，天際恢復晝色，雖仍陰霾重重，但比起方才已明亮太多。

仇端平左右觀看，終於發現縮在一角的柳畫娘，她的臉色慘白、身子顫抖，屈著身子抱住膝蓋，兩眼失焦的望著前方。

「姑娘，妳怎麼了？」

柳畫娘尋聲看到了仇端平……男子有個牢固的頭長在脖子上面，向自己逼近，她誤認是剛才無頭之人的頭顱長出來了……

承受不住壓力，柳畫娘暈厥過去。

※　※　※

到底出了什麼事？竟讓她突發高燒，不斷囈語？仇端平看著躺在床上的柳畫娘，百思不得其解，但她虛軟無力，躺在床上，他也無法抛下她。甚至在他靠近她的時候，抓住了他，口裡直喚：

「不……不要……不要……」

又來了！這已經是她不知第幾次攀著他不放了。她不知道夢到什麼？一直抓著他呻吟。

「姑娘！妳醒醒！姑娘？」

她的睫毛動了動，他以為她要醒過來了，卻又昏睡過去，只是手還抓著他的衣角不放，他得等她熟睡之後，才能把她的手拿下。

究竟在他離開屋子後，到他進來的這段時間出了什麼事？要不然前一刻還見她精神奕奕，下一刻卻癱軟在地？仇端平不由自主的想著。

這事已經夠煩了，而雨還綿綿密密地下個不停，下的人心浮氣躁、心緒紊亂。

仇端平起身，走到一旁，椅子上有他找到的臉盆，和接下來的雨水，他將毛巾浸濕，擰乾毛巾，為她擦拭額際，不過高燒的她始終沒有消退的跡象。這樣下去還得了？低頭沉思，他從懷中取出藥包，倒了一碗水，回到她身邊扶她坐起來。

「姑娘，妳醒醒，吃藥了。」

「嗯？」柳畫娘張開了眼睛，不過視線渙散，沒有聚焦。仇端平將藥倒進她嘴巴，藥味的苦澀，柳畫娘下意識吐了出來，嘴角都還有些藥水，仇端平將她的下頷抬高，柳畫娘嗆了幾下，藥終於吞了進去，接著又睡了過去。

仇端平將她嘴角拭淨，望著她潔淨的臉龐，若有所思。

驀地，他突然驚覺自己緊盯著一位姑娘家瞧不太妥當，連忙起身，調勻氣息，壓下突如其來的心悸，強迫自己切莫妄想，救人，只是他的本分而已；只是她那張秀麗的臉蛋，實在很難讓人移開眼。

許久，柳畫娘終於醒了過來。落入她眼中的是一張陌生的臉，像是失去的頭顱的鬼怪，將他的頭留了下來……

「你……你……」

是仇端平，不是那個無鬼將軍！她吁了口氣。

柳畫娘看到自己躺在床上，又和仇端平共處一室，急忙抓住自己的衣襟，發現衣裳甚是整齊，似乎太小題大作。

她怯怯的問道：

「我……你怎麼在這裡？」她記得她明明將他趕出去了。

「妳放心，我只是在照顧妳。」見她戒備的樣子，仇端平將毛巾放到她的床前，沒有再靠近一步。

「照顧我？」

「昨天我在門外聽到妳的叫聲，跑進去之後就發現妳躲在牆角，我叫妳半天，妳也不應，還暈了過去，又見妳昏迷不醒還發著高燒，我才留下來照顧妳的。」仇端平覺得有必要解釋，免得她誤會。

柳畫娘想起來了，她記得有風聲、有雨聲，還有濃得化不開的黑幕在白天出現，還有……她打了個哆嗦，不願再回顧。注意到她臉上的慘白，仇端平問道：

「怎麼了？」

「沒……沒事。」

強迫自己鎮靜下來，緩和情緒後，柳畫娘正視仇端平，問道：

「你在照顧我？」

「是的。」

「謝謝……」柳畫娘站了起來，覺得身子虛軟無力，只見滿眼金星，復跌坐回床上。

「妳的身子還很虛，不適合走動。我已經拿叔公留給我的藥給妳吃，再休息個幾天就沒事了。」

「你剛剛說昨天？那你照顧了我一整天？」如他所言，她豈不昏睡了一日？

「是的。」

昏睡一天？她從來沒有這麼虛弱過。

柳畫娘望著這個男人，漸漸卸下防備。對方看起來並不像壞人，至少並沒有趁人之危，劫財劫色，她的家當還很安全，不過她可沒忘記毀了鍾馗畫的是誰。

柳畫娘看著外面，雨仍綿綿密密的下著，翠綠的竹色都被染上一層濕意，顯得沉重。

她又想到昨天，那個無頭將軍，突然覺得魯莽的仇端平可愛多了，至少是個活生生的人。

「畫呢？」

「在前面。」

柳畫娘起身，去關心她那已被斬成兩半的鍾馗。

※　※　※

原先被斬成兩半的鍾馗畫像好端端的出現在她眼前，只不過中間有一道極明顯的痕跡，像一條極醜陋的毛毛蟲，正是被他揮劍斬斷的部份。

「這是什麼？」她疑惑的上前摸索，還有點粗糙。

「這是我拿米粒和著水黏上去的。」仇端平心想，雖然很醜，不過總算補救回來了

看著這像毛毛蟲躺在鍾馗兄的腰際……柳畫頭又痛了。拜託，斬成兩半已經很慘了，還被貼成這樣，這下可怎麼是好？

頭還是很昏，她的步伐踉蹌，險些跌倒。

「怎麼了？」他眼明手快的扶住她的身子。

又是心憂又是驚嚇，她不乏也難。

「我……我餓了。」她有些羞赧，不過肚皮咕嚕嚕的作響是不爭氣的事實。

「那妳休息一下吧！我去張羅。」

「你會煮飯？」她抬起頭來。一個大男人會煮飯？

「我跟在我師叔身邊多年，樣樣都是我來，煮飯還難不倒我。」他說著便進到廚房張羅了。

也許是他在這裡待一整天了，所以已經知道她家的格局了。柳畫娘讓這來路不明的男子在家裡忙進忙出，也沒力氣去趕人了。

她現在這麼虛弱，的確需要一個人在身邊。尋常時候她都隻身一人，並不覺任何不妥，不過在遇到昨天的事後，她就不這麼想了。

一個沒有頭的人，拿著劍，向她走來，他也要讓她沒有頭嗎？柳畫娘努力甩開這幅畫面，但是綿綿不絕的細雨像極了昨天，她無可避免的思忖起來。

想些別的吧！就算是想那個莫名其妙，闖入她的房子的男人都好。

「吃飯囉！」

清亮的男聲劃破窒人的氣氛，仇端平左手拿著兩盤、右手端著三盤菜，像表演雜技似的。柳畫娘看著桌上的菜色，都是依她放在廚房裡的材料所烹調的，她拿起筷子，夾了一道蔥燒雞塊，滋味鮮美。雖然是普通菜色，但就她一個人住的情況而言，她是不會對吃太挑剔的。柳畫娘忍不住坐了下來，大快朵頤。

「你是從哪裡來的？」雖然很佩服他的廚藝，不過該問的還是要問。

「若耶山。」

「那可是個很遠的地方。」柳畫娘抬起頭，「你怎麼會到這裡來？」

「我從小跟著叔公上山，服侍他老人家一直到他歸西，才準備回老家。沒想到天雨路滑，擔誤了我的行程，要不然早幾天前，我就應該回到家的。」仇端平解釋。

「你跟你叔公上山做什麼?」柳畫娘的好奇心被勾了起來。

「我叔公是修道之人，要我照顧他的生活起居，他才好專心研究除妖降魔的方法。」

柳畫娘碗筷差點捧不住。

「除妖降魔?那你也會抓鬼嗎?」

「我只是去服侍他而已。」仇端平淡淡地道。無緣無故他是不會拿這種事出來炫耀的，若不慎讓過路的好兄弟聽了不舒服，他可不得安寧。

天地既有鬼神的存在，他只願和平相處，除非越過界限，才會出來干涉。

「喔!」柳畫娘有些許的失望。

她還以為是仇端平趕跑了那個無頭鬼——至少她斷定那絕對不是人——看來是會錯意了。

是鬼?還是她的幻覺?至今她仍不能理解，唯一肯定的是它所帶給她的影響還在，每每想起，仍不寒而慄……

她忽然感覺到一隻溫暖的掌心包覆自己的手，柳畫娘嚇了一跳。

「你在做什麼？」她橫眉怒斥。

「我叫了妳好幾聲，妳都沒回答，才看看妳是不是又不舒服了？」仇端平將手從她的脈門收了回來。除了虛了一點，基本上已無大礙，而且……她的肌膚觸感挺不錯的。在叔公身邊，除了法術之外，還多學了一點醫道。

「沒事，我在想事情。」

「吃飯想太多消化不好。」

柳畫娘瞪他一眼，幾時輪到別人來教訓她了？不想理會，她端起碗來專心吃飯。大病一場之後，她的食慾大開，連吃了兩碗。

陰雨仍淅淅瀝瀝地下著，不過大片的烏雲已散去，而竹葉被這番雨洗滌的更加青翠，晶瑩可愛。

第二章 夢魘

屏氣凝神、氣注丹青，柳畫娘專心一致，描繪出想像中的惡鬼。造盡孽業的靈魂在地獄裡煎熬，痛苦咆哮，翻轉未果；青面獠牙、猙獰可怖、體態傴僂、斷肢殘腿，她落筆、著色，一氣呵成毫無滯礙，順利的令她心悸。

雖然那個無頭將軍令她衝擊，不過該做的事還是要完成。

「不要太勞神。」

拿著畫筆的柳畫娘轉過了身，心臟跳點沒從喉嚨跳出，因為向來她作畫從開始到結束，全是單獨一人。

「仇端平！你在做什麼？」

「妳才剛好，不要太花心思，對身體不好。」

「不要緊的。」

「妳的體質虛寒，好不容易好許多，可不要又犯病。」

「我會注意的。」

仇端平對柳畫娘的好奇心很是強烈，見她專心認真，不由得往她身邊靠近。

「妳在畫什麼？」雖然才畫出幾個小鬼，但氣氛已足夠讓人發寒，彷彿陷入畫中世界，陰森詭譎。

「這是覺明寺要的醒世圖，為了警戒世人而要我畫的。」柳畫娘放鬆情緒，對男人的警戒，已沒初時那麼緊繃。

「真要能警戒，世上沒有惡人了。」

「墮落的靈魂能救便救，這畫若能喚醒良知，也不失為功德一件。」

「光畫就可以拯救靈魂嗎？既沒有閻羅判官，也沒有牛頭馬面出來將為惡之人抓入地獄，也是徒勞而已。」

柳畫娘胸口湧起不悅：「你是對畫，還是對人性有意見？」

「我只是說出我的看法而已。」

「憑個人的力量的確是不能改變世道，但是只要有一個人能因而懸岸勒馬、回頭是岸，也很圓滿。」

「不怕白費功？」

「總是做了才知道！」

柳畫娘嫌惡起來，她還沒有時間跟他算鍾馗的帳，他倒是得寸進尺了？

「你知不知道你已經打擾到我作畫了？」

見她如此，仇端平識相地道：

「既然如此，我不打擾便是。」說著便到一旁的椅子上坐著，取出隨身攜帶的書籍閱讀。

縱然對方沒有打擾，但突然有人在旁邊作陪，她還真不太適應，就算仇端平移動身子時極輕極緩，她還是不能專心。雖然對方沒有開口，但柳畫娘總想：他會不會說什麼話？

「可以請你離開嗎？」她下了逐客令。

「我並沒有妨礙妳啊！」仇端平將書放下。

「我作畫的時候，不習慣有人在旁。」

「作畫應當心無旁騖，妳的功力還有待加強！」

柳畫娘有股想將硯臺往他臉上砸的衝動，不過還是忍住了。

「忽視你是件很不容易的事，你這麼明顯坐在這裡，要我把你當作石頭來看待，你覺得可能嗎？」

「我這麼引妳注意嗎？」他促狹道。

「你到底走不走？」柳畫娘惱火了，雙頰氣鼓鼓的。

「好，妳是主人，我是客人，妳說什麼我聽便是了。」仇端平可不笨，察覺她的不悅趕緊退讓。

這個女人真是不可愛，偏偏他還是雞婆：「沒事就多休息，畫畫很傷神的。」

「謝謝你的關心。」她從齒縫蹦出一句。

見她生氣的模樣真是俏皮，仇端平笑著踏了出去。

他在笑什麼？見他離開之後，柳畫娘鬆了一口氣，壓力消失了，卻不解他臉上的笑意所謂何來？

定下心神，柳畫娘回過頭繼續凝神落筆，像是她到了地獄，看到了苦鬼正在她面前煎熬……

※　※　※

黑暗中，彷彿有人向她跳了過來。

柳畫娘驚異的睜大了眼，但再怎麼看還是一片黑暗，一如她當初見到那無頭將軍的濃墨。

踢踏！踢踏！

雜沓的腳步聲向她跳了過來，每個聲音都十分細膩、清晰，彷彿就在四周敲擊著她的耳膜。除了不能視物，她還感到沉重的壓力，幾欲窒息，卻只能任憑那濃厚的壓力將自己困住；終於，她看到那踢踏的聲音是從何而來。

一群怒目裂嘴、頭生異角、身形傴僂、舉止怪異的「人」向她走了過來，有的紅臉，有的青臉，有的白臉，張牙舞爪，說著她聽不懂的語言。柳畫娘冷汗涔涔，心急如焚，卻逃不開他們所圍起來的圈子。

她逃不過怪物的追剿，他們笑聲淒厲，像是冷風刮過了兵器，尖銳的可以刺穿耳膜，捂住耳朵卻無法阻止聲音。

倏然——

「觀自在菩薩，行深般若波羅蜜多時，照見五蘊皆空，渡一切苦厄，舍利子，色不異空，空不異色，色即是空，空即是色，受想行識，亦復如是，舍利子，是諸法空想，不生不滅，不垢不淨，不增不滅，是故空中無色……故說般若波羅蜜多咒，即說咒日，揭諦揭諦，波羅揭諦，波羅揭諦，菩提薩婆訶。觀自在菩薩，行深般若波羅蜜多時，照見五蘊皆空，渡一切苦厄……」

《般若波羅蜜多心經》猶如天雷撼地，使眾鬼錯愕，痛苦捂耳，聲音也幾欲震破了柳畫娘的腦門。而在眾鬼嘶叫之間，但見黑暗如破布，一寸寸、一寸寸的消融，陽光遍撒——

柳畫娘醒了，她捂著胸口，喘著氣，才發現雨勢已經停了，自己是怎麼了？對了，方才作畫時覺得疲累，便伏案歇息，沒想到竟睡著了，才做了那麼可怖的夢。

柳畫娘低頭看看適才的畫，不禁又失聲驚叫。她所畫的鬼怪，竟然就是她夢中的鬼怪：青臉的長角、紅臉的殘缺、白臉的吐舌……

「怎麼了？發生什麼事了？」仇端平從外面跑了進來。

柳畫娘第一次發現見到仇端平是這麼開心的事，她上前抓住男人的衣服；仇端平見她如此，莫名其妙。

「妳怎麼了？」

「我……我剛做了個惡夢。」

「妳畫那種畫，當然會做惡夢了。」

見她冷汗涔涔，他順手拿起袖子為她擦了擦汗，而察覺到自己緊緊抓著對方的衣服，柳畫娘趕緊放開衣裳，退了一步，這才瞧見他手上的經書。

「你在看什麼書？」

「這是我叔公留下來的經書，剛剛正在唸《般若波羅蜜多心經》，就聽到妳的叫聲。」

柳畫娘更駭然了！

《般若波羅蜜多心經》不正是她剛才夢到的嗎？如果經是由他所唸，她的惡夢才消弭的話，那麼鬼怪也不是假的了？

「妳怎麼了？」

「我……沒事。」這怪異的事，說了對方也不會信吧？

「妳的臉色這麼蒼白，還說沒事？不是告訴過妳病才剛好，不要太勞神嗎？現在知道了吧！」仇端平突然發現自己很雞婆，人家還不知道領不領情呢？

不想和他爭辯，柳畫娘吸了口氣，提出要求：「你……你進來好嗎？」

「不是會打擾到妳畫畫嗎?」

柳畫娘一怔，是啊!自己剛才還要他出去呢!怎麼現在又迫不及待找他進來?眸子一轉，連忙找個藉口搪塞:

「我不畫了，你進來沒有關係。」

即使仇端平不進來，柳畫娘也知道有他的存在，心便安了下來。仇端平只覺這女人捉摸不定，不過他還是走了進去。

陽光從雲層中露出，光柱灑落人間，霧氣與水色漸漸的消融。

※　※　※

連日下雨令人心煩氣躁，難得遇上好天氣，柳畫娘將窗戶全部打開，讓風驅散屋內的不安。青翠的竹枝像層層屏障似的，阻隔了小屋與外面的世界。

「妳一個人住這裡?」仇端平看清周遭的環境後，不禁好奇起來。

「嗯。」

「一個女人家住在這裡，不怕危險嗎?」

「我已經在這裡住很久了，也沒什麼遇過什麼危險。」

「此地陰氣頗盛，萬一出了什麼事可不是好玩的，恐怕大羅神仙也難搭救。」

「你說什麼？」

發覺自己說的太多，恐怕已把對方嚇到，仇端平趕緊住口，踏出屋外。

「這是你叔公教你的？」她跟了出來，想要有個人作陪，比較容易忘掉恐怖的事情。

「嗯。」

「你叔公很厲害嗎？」她希望能得到更多的保護。

「算是吧！」仇端平淡淡道。

「你在他身邊這麼多年，沒有學到一招半式嗎？」

「那種東西能少碰就少碰。」

學了這麼久，連神經都變得敏感起來，並不是很愉快的事。仇端平只要走在路上，若是遇到陰氣強些的鬼魂，便能瞧見形態；形體飄忽的，他也有辦法開靈眼觀看，但是他甚少這麼做，畢竟是兩個不同世界的人，看見並不是很恰當；而柳畫娘以為仇端平啥也沒學到，便不再追問。

轉過個彎，但見豁然開朗。整片原野一望無際，由於之前下過雨，整片草原上像灑上大大小小的碎鑽，而在其中，各色的花卉五彩繽紛，活潑生氣。

遠處蔥鬱的山巒阻擋了盡頭，只見一道虹彩懸掛在上，像是連接天界與人界，啟發更多想像。

見她彎腰採擷，仇端平問道：

「妳在做什麼？」

「找顏料。」

一般來說她所使用的顏料都是葉草花卉，再拿去請人磨成漿汁，和上特製的溶劑之後之後才收集起來，需要的時候才調成她所需要的色澤。所以說整個大自然就是幅畫，既是成品也是顏料。

「那妳的畫上面，不就又是花又是草組成的？」

「也可以這麼說。」

「這麼說來，這畫也可以吃了？」

「嗯？」柳畫娘不解地望著他。

「妳瞧這種酢醬草，咬起來酸酸甜甜的，要是它也拿下去做畫的話，不也可以吃畫了？」仇端平嚼了起來。

沒想到他也挺幽默的，柳畫娘笑了起來。

「對了，你跟你叔公一起修道多久了？」

「我十五歲那一年跟他上山，算算差不多有十年了。」氣氛緩和許多，漸漸聊到自身的話題。

「那你很久沒見到你家人了？」

「十年來只有我大哥來看過我幾次，叔公不讓我下山，我就沒有回去看過他們了。」

窮人子弟太多，吃不飽穿不暖的，仇端平跟著叔公還有零用錢可以花，他便也不去計較太多。

「這次回去可以就可以團聚了。」

「對啊！」

那麼他也要走了吧？如果自己再做那些奇怪恐怖的夢，該怎麼辦？一時之間，心頭竟然慌了起來，也沒心情找顏料了。

「怎麼了？」仇端平見她臉色不對。

「沒什麼，我想回去了。」

「也好，妳身子剛好，不宜久動，回去休息吧！」

柳畫娘望著他的身影，正好將自己完全籠罩在陰影底下，對他的反感不似最初強烈，一點一滴的消融，在氣候轉暖之後也改變了。

※　　※　　※

「柳姑娘，出去散步呀？」一名身形傴僂的老婦站在屋子前面，腳邊放著菜籃及扁擔，好奇的往她的身後瞧。

「周大娘，妳來啦！」柳畫娘過去打著招呼。

「這是……」周大娘逕瞧著仇端平，仇端平面無表情，見柳畫娘正準備擔起菜籃，他就搶了過去，一手擔起了扁擔，挑起了菜籃。

「廚房？」他開口。

「對。」

仇端平不再多言，將青菜送了進去。

周大娘走近她，好奇的問道：

「柳姑娘，他是誰？」送菜送了這麼多年，她從來沒見過有男人出入。

「只是個躲雨的。」她輕描淡寫。

「躲雨的？」周大娘口中喃喃，眼光往廚房的方向瞧，柳畫娘感到不自在，連忙問道：

「周大娘，菜錢多少？」由於單獨居住，所以她甚少上市場，都是由周大娘負責送日常生活用品。

「六十文錢。」

柳畫娘走了進去拿錢，出來時將錢交到她的手中。周大娘數了數後放到懷中，抬頭囑咐：

「柳姑娘，妳可要小心一點，最近城裡不安寧啊！」

「出了什麼事嗎？」

「最近……」她的聲音低啞起來：「鬧鬼呀！」

柳畫娘一怔：「鬧鬼？」

見她有所反應，周大娘滿意的繼續道：

「前兩天何七在打更梆的時候，他走在街上。那時沒有月亮，他拿著燈籠，忽然聽到奇怪的聲音，他說像是馬蹄在路上跑，踢踏踢踏的，他一轉身沒有人，可是那聲音還在，而且還經過他身邊。」

「也許是他聽錯了？」

「不、不，妳聽我說！當天晚上郭家的二楞子起床上廁所，結果看到了鬼，嚇得他連褲頭都來不及拉，就往屋裡跑！聽他說這鬼有好幾個，像出來逛大街似的，青臉的頭上長著角、紅臉的缺了半邊臉、白臉的吐著鮮紅的舌頭。」

煞時血色從她臉上褪去，柳畫娘渾身僵硬。

這不正分明是她所畫的鬼魅嗎？難道不是她的夢魘，畫中的鬼魅真的跑出來了？

她頭皮發麻，身子寒涼，她不由得緊抱著雙臂。

「怎麼了？」仇端平出現在她的身後。

柳畫娘轉過頭，想泰然自若，卻不得其願，她的臉色蒼白的令人起疑，仇端平蹙著眉頭問：

「不舒服嗎？」

「有一些。」

「進去躺一下吧！」仇端平討厭看到周大娘的眼神，挺曖昧的，彷彿在抓姦似的。

柳畫娘也察覺到了，她對周大娘說：「您老回去吧！」

「我先幫妳把那些菜整理一下吧！」

「我來就可以了。」仇端平突然插嘴，讓周大娘嚇了一跳。但在見到仇端平臉色嚴肅、頗為兇狠，周大娘連忙稱是退了出去。

柳畫娘從桌上倒了杯水，企圖讓自己鎮靜下來。仇端平發覺不對勁，追問：

「到底怎麼了？」

「沒什麼。」

「剛剛進來時也沒瞧見妳這樣，跟周大娘說完話後，臉色就不對了。她是不是說了什麼？」

柳畫娘動了動嘴唇，終於說：「剛剛周大娘說……最近城裡鬧鬼。」

「她隨便說說妳就嚇得臉色發白了嗎？」

仇端平的輕視令她不舒服，柳畫娘瞪回去。

「你知道什麼？」

「妳要不要照照鏡子看看妳現在的樣子？」

「你少管閒事！」

「照妳這樣子，鬼也會被妳嚇跑！」

「你——」

見她真的不悅，仇端平忍俊不住笑了；柳畫娘一股氣湧了上來，一把搶過對方作勢拿走的植物。

「不要亂碰！」

「好、好，我不碰。」

仇端平真的不碰，不過他看自己的樣子，令柳畫娘不自在，她倏的一轉，跑進屋子裡去了。

看來她的精神恢復了，仇端平揚起嘴角。

看來，只能晚些時候再回家了。

第三章　去留

柳畫娘張開宣紙，瞪著她所繪圖的鬼怪，仍免不了怵目驚心。周大娘的話猶言在耳，不寒而慄。

如果這是她的惡夢來源，她還能繼續畫下去嗎？但是她果然不可能半途而廢，於是提起了筆，至於郭家的二楞子及何七一事，會不會只是巧合？

「還在畫？」仇端平的聲音傳來。

「妳身子骨才好沒許多，就片刻不得閒？」

柳畫娘沒有說話，當作沒聽到，仇端平明知她不開心，還偏偏惹她。

「生氣了？」

「沒有。」

「那高興一點嘛！」

柳畫娘抬頭，見男人直勾勾地望著自己，仍勉強按下心神，淡淡地道：

「這是我答應人家的，要盡早完成。」

「膽子那麼小，還畫這種畫，豈不是自己嚇自己？」

「你不喜歡的話可以不要看。」

真是狗咬呂洞賓，不識好人心，自己可是關心她！

仇端平湊上前，看著才剛繪成的幾個鬼怪，唯妙唯肖、入木三分，瞧那厲鬼的皮膚和骨頭都在油鍋裡，大半都化了，他們面孔猙獰、痛苦哀嚎，耳際彷佛聽到慘叫的聲音；走在刀山的雙足鮮血淋漓，鬼不停顫抖，看著都可以感受到痛楚；還有喉嚨細如針孔的餓鬼，飢餓猶如一把火，正灼燒著他們，而那火怎麼也不止歇……

仇端平不喜歡她的圖，太過逼真，且柳畫娘所住的地方陰氣過盛，再加上百年來乾坤運行、天體衰微、陽剛削減、陰性大起，總總條件令自己不安。

第三章　去留

「這到底是嚇人還是嚇鬼？」

「人心不正，自便為鬼。」

「所以妳才畫這警世圖？那也未免太遲了。」

「能多做一些便是一些，沒有早晚的問題，重點只在於是不是有心？」

「有心又如何？做了這麼多，有人領情嗎？」

柳畫娘覺得對方再問下去的話，自己可要發飆了。

「施恩本當不求回報，更不用要人領情！如果你沒事的話，為什麼不去多唸幾遍心經？」

「那沒問題，妳要聽那段心經？或是真言？」

「隨你要唸那一段，我都沒意見。」柳畫娘杏眼圓睜，惱了。

「那我出去唸了。」

「站住！」

柳畫娘叫住了正往門外走的他，微赧，吸了口氣，卻仍正經道：「在這裡唸就可以了。」

「在這裡唸？不怕我會吵妳？」仇端平相當訝異。

「對。」她怕自己一歇息，那夢魘就會侵襲，有仇端平在旁邊，她比較心安。

仇端平不再招惹，他坐了下來開始翻閱經書。除了《般若波羅蜜多心經》，上面還有叔公記載的口訣，除了每日口述之外，還得心領神會，是他必做功課。

仇端平口裡唸唸有詞，但由於隔著一段距離，柳畫娘聽不清他在講什麼？不過有他在身邊，這幫鬼怪不會再來擾自己了吧？

她的心情不再沉滯，輕快的揮毫起來。

※　　※　　※

「柳姊姊、柳姊姊！」稚嫩的女童聲音飄了過來。

柳畫娘抬起頭來，仇端平比她更快起身，從窗口看見一個綁著麻花辮的小女孩在門口叫喚。

「小蓮，妳怎麼過來了？」

第三章　去留

小蓮是周大娘的孫女，三不五時會跑過來，整個人像塊糖似的甜美，柳畫娘很喜歡她。

「奶奶要我送東西來，柳姊姊，妳這次又在畫什麼呀？是鳥兒、還是兔子？」

小蓮衝了進去，柳畫娘想要制止已來不及，她擔心小蓮會被嚇到，叫了出來：

「等一下！」小蓮正準備衝到桌前，便被仇端平嚇到。

「小蓮，怎麼跑這麼快呢？小心跌倒。」

小蓮拉著柳畫娘的手，怯怯地尋求護庇：「柳姊姊……」

「我出去一下。」仇端平見自己不討喜，頗有自知之明，準備離開。

「看樣子天色很快就要下雨了，你別走太遠。」柳畫娘脫口而出。

「知道了。」仇端平聽罷微愣，應了聲才走了出去。

「小蓮，妳剛剛說妳奶奶有什麼東西要給我？」柳畫娘把小蓮帶離桌子。

「是這個。」小蓮從懷中拿出幾張被她塞得亂七八糟的黃色紙條，認真道：「奶奶叫妳一定要貼好！籬笆、大門、廚房，還有還有，最好燒一張加到杯子裡面服下！」

「這是什麼？」柳畫娘忍不住蹙起眉頭。

「有個道士來到我們家附近，大家都跟他要這個符咒。奶奶說柳姊姊妳一個人住，又不喜歡有人陪，叫我一定要把這個拿給妳。」

接過符咒，柳畫娘又想起近日的經歷。

「回去告訴妳奶奶，說我謝謝她。」

「好。剛剛那個叔叔是誰呀？」

柳畫娘啞然失笑，據仇端平所言，他也不過大她才兩、三歲，就被小孩子叫老了。大概是早熟的他看起來比實際年齡滄桑，才造成小蓮的誤解吧？

「是我的朋友呀！」

「啊？」小蓮有些失望，「不是妳的相公嗎？」

第三章　去留

柳畫娘臉頰一熱。

「妳在說什麼？」

「娘說只有相公跟娘子才能住在一起，那個叔叔跟妳住在一起，不是妳的相公嗎？」小蓮認真道。

柳畫娘又好氣又好笑，不曉得怎麼跟這小孩子解釋？只好換個方式。

「姊姊問妳，妳跟小毛是不是朋友？」

「是啊！」

「那大虎呢？」

「也是啊！」

「那就對了，你有朋友，柳姊姊也有朋友，不是每個男生都是柳姊姊的相公啊！」

「喔！」小蓮似懂非懂的點點頭。

「好了，還有其它事嗎？」

小蓮努力想了想：

「沒有了。對了，柳姊姊，我想看妳畫畫，妳這次畫什麼啊？」說著便往柳畫娘擺設的案桌前進。

「柳姊姊還沒有畫完，等畫完再拿給妳看好嗎？」柳畫娘拉住了她。

「可是我想看……」

「那我先畫兩隻小兔子給妳帶回家，這次等柳姊姊畫完妳再看好不好？」柳畫娘勸哄著，小蓮畢竟還是個小孩子，協議輕易的達成了。

※　※　※

「這是符咒？」仇端平將柳畫娘攤在桌上的黃色紙條拿到眼前，很努力想要瞧見它的威力，但怎麼翻轉檢查，發現也不過是一張黃紙——一張皺皺的黃紙，哪有什麼效用？

「周大娘說是。」柳畫娘邊說，邊將圖畫上色。

「這上面到底是字、還是圖畫？」仇端平努力想辨識上面黑壓壓的一團線條，左歪右斜的，找不出頭緒，這道士擺明了是騙人。

放下筆桿，柳畫娘轉了過來。

「你不是常年跟在你叔公身邊？這上面到底是什麼，你應該比我更清楚。」

「妳相信這個？」不理會她的調侃，仇端平問道。

「心誠則靈呀！」

「那心不誠呢？」

「畢竟是人家的心意。」

柳畫娘言下之意是也不怎麼信。仇端平抬起頭瞅著她，問道：

「妳怕嗎？」

「嗯？」

「鬧鬼呀！」

柳畫娘心頭一悸，淡淡的道：

「無所謂信或不信，還是有很多事不是人力能夠了解的。」

仇端平褪下手腕的佛珠，放到她面前。

「這戴在身上。」

將叔公為自己加持過的佛珠拿給一個女人，不知道叔公地下有知的話，會有什麼反應？

那是他初學法術之際，妖魔近身，被叔公驅退之後，便送他這串佛珠，要他好好掛著，專心學道，從此之後便無阻礙，而現在若能讓柳畫娘不受妖魔纏身，也是一件好事。聽到鬧鬼她就嚇得臉色慘白，要是真的碰到還得了？況且，現在他已有能力護身，佛珠也只是一個紀念罷了！

柳畫娘訝異的看著他遞過來的佛珠，黑漆漆的檀木珠，絲毫不起眼，接過時感到沉甸甸的，她不解仇端平把這交給她是什麼意思？

「這是做什麼？」

「妳把它戴著吧！」

「為什麼？這不是你的嗎？」

「這給妳保平安，妳戴著就是了。」

仇端平不耐煩的道，順便將桌上畫的亂七八糟的符咒揉成一團。

「等等，你做什麼？」

「還要留著這個嗎？別笑話了，還不如將那串佛珠戴緊些。」仇端平不容忽視的堅持讓她一愣，卻也沒有反對。

※　※　※

夜深了，外頭又開始雨絲綿綿，連空氣都濕漉漉的，柳畫娘躺在床上，翻來覆去卻睡不著覺。自從接過仇端平的佛珠，心情便開始浮動，如今想要再把它放手，是不可能的了。柳畫娘手裡持著佛珠，口唸一句心經，想著仇端平……既然無法將他趕走，也就接受他的存在了。

其實自己並不討厭這個男人，不是嗎？

踢踏……踢踏……

柳畫娘有點倦了，想睡了。

踢踏……踢踏……

怎麼像是跟她作對似的？聲音不斷的傳過來，柳畫娘有些惱怒，而聲音越來越近，就像是……在她身邊。

柳畫娘忽地張開眼睛，四周黑壓壓的，但是那奇異的響聲仍充斥在四周。

踏踢……踏踢……像不耐煩似的，聲音變得急促起來。

柳畫娘渾身顫慄，這感覺太熟悉了。而這次除了足音，她還聽到細小尖銳的聲音，像是爭論聲此起彼落。爭吵聲匯聚成聲浪，卻始終在她三尺之外，不敢放肆，最後終於逐漸隱沒在離去的足音中。

柳畫娘張開了眼睛，天已微微亮。她筋疲力盡、重汗濕裳地坐了起來，佛珠仍緊緊握在手中。

就像是仇端平在旁邊。

※　　※　　※

嘩啦！

第三章　去留

雨聲已止，水聲是來自傾倒的水桶，仇端平任憑頭上的寒水淋下，面不改色。察覺到背後有人他才轉了過來，見是柳畫娘，連忙拿起毛巾擦拭，背對著她打招呼。

「妳醒來了？」

「嗯。」

柳畫娘轉過身子，一大早就見到男人的身軀，讓她臉蛋有點發熱。

「真早。」

「睡不著。」

柳畫娘想，自己要再繼續沉睡也難，也總是受幽魂侵擾。

「妳沒睡好？」仇端平見她倦怠的面容。

「待會再去補個眠就好了。」

「我給妳的佛珠戴上了嗎？」

「戴上了。」

柳畫娘伸出手腕，黑黝黝的檀木和她白皙的肌膚對比明顯。仇端平想，不過看著她的手，自己心頭竟也有些浮動？不過他隨即定下心神，問道：

「這裡離城裡還有多遠？」

「你要離開了？」柳畫娘有些愕然。

「聽說城裡最近鬧鬼，我想去看一下。」

「去做什麼？去被嚇死嗎？要是真的碰上了，可不是好惹的！」

柳畫娘頗為擔憂，關於碰鬼這檔事，自己可是過來人。

「就是因為人鬼殊途，所以才得明白是真鬼還是假鬼？假鬼好辦，真鬼可就不一定了。」

「怎麼說？」

「人行人道，鬼行鬼道，本來就是兩個世界，如果不慎干擾，必須導回正軌；若是強行闖入另一個世界，對人、對鬼，都沒有好處。」

「我不是很了解。」

第三章　去留

「這麼說吧！若是真鬼，我進城看看他們究竟意欲為何？若是陰間待太久了，出來透口氣，或是出來嬉戲，便請他們回去，不要干擾到人；若他們有意危害世間，可不容坐視。」他正色的道。

「怎麼聽你這樣說，那些鬼像是蹺家的孩子？」

「差不多。」

「你能夠制伏他們嗎？」

「還不知道他們的意圖，說這話就太嚴重了。」

「可畢竟是鬼呀！對方有多厲害，根本不得而知……」

「妳想太多了，是真鬼還是假鬼都不知道呢！」

仇端平朗聲起來，一掃陰霾。

「我只是……有點擔心。」

「放心，沒事的。」

「講的好有把握，你有什麼保證？」

至今柳畫娘仍未明白仇端平的能力。上次託他《般若波羅蜜多心經》的福，才從惡鬼中救出，但是光靠心經，就可以制得了眾鬼嗎？如果可以的話，那每人各唸上一段心經，妖魔鬼怪不就逃得無影無蹤了？

「嗯……我保證我會安全回來。」仇端平故意曲解她的意思。

「別說大話，你能保證你不會被鬼捉去？」

「妳覺得呢？」

「我看你這般性子，要是被鬼遇上你，恐怕也受不了。」

仇端平爽朗的笑了起來，柳畫娘總是能令自己開心。見著她臉色難看，仇端平才收回玩笑，和善的道：

「我已經備好早膳，還在廚房熱著，進去吃吧！」

※　※　※

看著仇端平整理好包袱，拿了劍，柳畫娘憶起被他斬斷的鍾馗畫。接連幾日她又是生病又是遇鬼，沒有心思將精力擺在鍾馗身上。再加上對他的奇異情愫，便忘了之前的不快。不過鍾馗畫總是別人的，她得想辦法道歉才是。

「路上恐怕還會下雨，帶把傘吧！」柳畫娘拿了把油傘給他。

「謝謝。」

「查過鬧鬼的事情，你就要回家了嗎？」柳畫娘有些在意地問。

「再說吧！」仇端平就是不肯給正面回應。

男人離開自己應該感到高興，至少不會有人再惹她不悅了，可是心頭卻挺不舒服。

柳畫娘竟悵然若失。

仇端平走到門口，想起什麼似的駐足，轉過身道：

「《覺醒圖》不要畫了。」

「什麼？」

「妳不適合畫。」

「為什麼？」她不懂。

「妳的膽子那麼小，畫了那種畫會作惡夢的。」仇端平淡淡的道，沒有把真正的原因說出來。

竹易招魂，女性陰柔，再加上此地大陰，魑魅魍魎容易招近，這是他最為忌憚的。更何況她又那麼膽小，要是種種因素招來鬼怪，豈不嚇個半死？

「我跟長老約好了。」

「畫那種圖根本沒什麼意思，覺醒自在人心，妳畫得再恐怖，時間一久，人便淡忘，到時為惡之人繼續為惡，妳還是白做工。」

「也有可能悔悟啊！」柳畫娘辯駁。

「那只是妳一廂情願而已。」

「有心勸人為善，總是好事一樁，總不能任憑不顧，讓世道墮落下去吧？《覺醒圖》是為了喚醒尚有良知之人，真正罪大惡極者，也不是我的能力所及了。」她盡量做自己所能達成的，其它就交給老天了。

「恐怕還沒有喚醒他人的良知，自己就嚇個半死了。」

第三章　去留

仇端平語畢，發現又惹惱她了，邊退出門口邊喊：

「我走了，記住我說的話！」

「誰要聽你的話！」

「記住！」仇端平的聲音從遠遠的地方傳來。

真自大！他以為他是什麼人，他說什麼自己就要聽嗎？柳畫娘相當不服氣，仇端平卻已經走遠了。

第四章　出閘

柳畫娘當然不會聽仇端平的話。她一回到屋裡，就又將圖畫展開，巨大的宣紙將桌面占滿，似可感受圖紙上沸騰油鍋千度的熱氣，寒凍的地獄也可以凝住呼吸。

再度張開眼，定下心神，繼續工作。

天色逐漸暗下來，專心繪畫的柳畫娘並沒注意，她的精神都在《覺醒圖》上，縱然惡夢駭然，卻也引發出她的靈感。

恐懼的氣氛、窒人的緊繃，讓她的《覺醒圖》又更豐富了。鬼怪殘缺的面容、彎曲的手腳，飽受地獄的折磨。她行雲流水般的揮毫創作，奔騰的靈感讓她一股作氣的構圖、添色、勾勒、描邊……汗水因極度的專注涔涔滴落，酣暢淋漓的將生命投注其中，直至倦意排山倒海而來，她才強迫自己稍作歇息。

第四章　出闖

乍然歇筆，這才驚覺畫作已接近完成，如此俐落剽悍的筆觸，是過往從未經歷過的，簡直如有神助，抑或有如鬼助？

放下筆，柳畫娘吁出一口氣，由於剛才太過認真，現在休息才發現背僵頸痠，手幾乎快沒有力氣。她按摩著右手腕，見到戴著的佛珠竟然在不注意的時候沾上染料，髒兮兮的。要是被仇端平看到的話，一定會被唸的。

柳畫娘將佛珠取下放在桌上，準備取水來洗滌。這時風勢大起，吹開了門窗。那風像是有生命似的，吹到桌邊時，刻意繞過佛珠，向屋後襲去。

背後突覺微涼，柳畫娘轉過了身，雞皮疙瘩全部立起。

「誰？」

連她自己都被自己嚇到，她總覺得剛才像是有人站在她後面似的，難道是仇端平回來了嗎？不可能，這城裡城外來回一趟也要半天的時間，更別說他還要查事情了。

不過既沒人進屋，怎麼會有這種詭譎的顫慄感呢？

「嘻嘻嘻……」

「呵呵呵……」

奇異的笑聲漾在她四周，不是風聲、也不是雨聲，更不是外面竹葉沖刷雨水的聲響，而是尖拔刺耳的笑聲。

「誰？究竟是誰？」

柳畫娘得喊出聲來，才能壓抑那急遽而來的恐懼。仇端平不在，那鬼魅又出現了嗎？

「嘻嘻嘻……」

「呵呵呵……」

「我們來了……」

轟隆！烏雲頓生，雷電劃過了天際，雷火打到了遠處的樹木，倒下來的巨響連她這裡都可以聽得到。

「你們是誰？」面對天色的大變，柳畫娘更駭然了。

置物的景象。

「是……我……們……呀……」

嘰咕微弱的聲音，帶著幾分調笑，轉眼間，柳畫娘的眼前出現了令人難以置物的景象。

身子化了的青色鬼怪慢吞吞的向她靠近，雙足鮮血淋漓的鬼魅扭曲著臉孔，被剝筋去骨的厲鬼蠕動著爬了過來，還有那舌頭被拔的鬼怪，一半還留在嘴裡、一半則被削去，更有腳掌盡廢的鬼怪，只能倒立朝她而來，而且不是一隻兩隻，是成群成隊。這些都是她熟悉，都是她筆下的鬼物！

「啊！」她大為驚駭！

「我們來了……」眾鬼上前，逼得她節節後退。

「不要過來、不要過來！」她害怕的雙手揮舞，想將鬼推離。

「來了、來了……我們來了……」

「不要！走開……」

柳畫娘被逼到角落，他們伸出嶙峋乾枯的雙手向她逼來，有些甚至只有白骨，更恐怖的是血肉模糊的手掌，都在她身上停駐，冷冰冰中泛著惡臭，令人幾欲作嘔。鬼怪抓住了她，柳畫娘的身子冰涼到了骨裡。

「不要！救命呀——」

「嘻嘻嘻……」

「呵呵呵……」

救救我……救救我……仇端平那張臉孔在此時浮現，但那只存於柳畫娘腦海，卻不是在眼前……

她還不想與他別離！

「咿呀！」

痛苦的嚎叫聲猶如利刃劃過磐石，尖銳的聲音令人難以忍受，柳畫娘看到鬼怪驚慌的逃離，身上的痛苦消失了。她還來不及喘氣，便看到一把亮晃晃的刀斬著鬼物，毫不留情。眾鬼驚嚎，連爬帶滾，迅速離開她的身邊，而刀鋒比他們更快，甚至斬了鬼的身子、削去他們的手足。

柳畫娘吃驚的看著，動彈不得。斬著眾鬼的，是那個無頭將軍！只見他手腳俐落、身手敏捷，刀一揮動，便聽到慘叫聲；更駭異的是，趕走眾鬼後，無頭將軍向她走了過來。

他身上的盔甲走動時，還有長劍拖地時發出的聲音，都讓柳畫娘冷汗直流，幾乎支撐不住。

無頭將軍不斷逼進，恐懼瀕臨極點，柳畫娘尖叫著衝了出去。

※　※　※

走在小路上的仇端平見天色突變，心頭跳了一下。梅雨時節，綿綿細雨或滂沱大雨是正常的，不過他總覺得有事情不對，可究竟哪裡出了問題？他卻說不出來。虧他還在叔公身邊待了那些年，仍察覺不出來，可見他的功力還有待加強。

除了雨打在大地之外，雨聲裡有細微的聲響，驚動了他的神經。

「誰？」

傳來細碎的跑步聲，看來情況並不尋常，仇端平提高警覺；而在看到遠遠跑來一抹身影後，連忙趕了過去。

「柳畫娘！」仇端平搶在柳畫娘身子倒下前扶住了她。

柳畫娘看見來人，勾起微笑。只要仇端平在，那些鬼怪便不會來糾纏，看來自己是賴上他了。

「是你……」

「當然是我，究竟發生了什麼事？」見她如此，仇端平的心隱隱作痛。

「我……」柳畫娘心神一散，意識模糊了起來。

中邪！

仇端平太了解了，可是他明明將佛珠交給她了，怎麼還會出事？心慌意亂的仇端平抱著柳畫娘的身軀，手腳無法自如，他發現自己竟然在發抖。一向天不怕、地不怕的他，在見到柳畫娘出事的時候，竟然感到害怕？

「撐住！」仇端平抱緊柳畫娘，大步踏在泥濘的道路，而攜帶的油傘滾落一邊。

雨仍下個不停，陰沉沉的烏雲掩去了天光，空氣中有不易察覺的騷動……

※　※　※

雨滂沱下著，仇端平進屋後將柳畫娘放到床上，沒空將自己的身子擦乾，見她猶如痴傻、雙眼呆滯，他心焦如焚。

仇端平拍輕拍她的臉，呼喚她的名字。

「畫娘，妳倒是說說話啊！」

該死！自己怎麼亂了心性？驅妖除邪不是他的本事嗎？怎麼在見到柳畫娘一出了事，心全亂了？仇端平一種前所未有的情愫，已然被眼前人勾起，但不先鎮靜的話，怎麼救她呢？他強迫自己冷靜，口唸心經，讓心思澄明，才起身動作。他將澡桶搬到房間，燒滾了熱水倒進去，又將艾草、榕枝放於其中。

但他要怎麼讓柳畫娘進到澡桶？仇端平為難的站在床前，試探：

「畫娘，妳可以聽到我聲音嗎？」

柳畫娘仍是沒有動靜，仇端平嘆了口氣，不得已伸出了雙手，略微顫抖地脫了她的衣服；待她的衣裳滑到床上時，仇端平大驚失色：柳畫娘的手臂有好幾個青紫色的印子。那不是普通的抓痕，上面有不屬於陽間的味道。

看來真的如自己所測，但為什麼卻毫無察覺？

也罷，現下救人要緊。

仇端平深吸一口氣，抱起她進了澡桶，用勺子舀起了水，淋過她的全身，每淋一次，便唸一遍心經，一方面為她袪邪，一方面鎮定自己心魂。

※　　※　　※

柳畫娘微微動彈，逐漸甦醒。自己剛才像是在昏睡，而現在雨怎麼下的這麼大？況且哪有這麼熱的雨？

抹去眼前的水漬，她發現自己坐在澡桶裡。看清自己的處境，衣裳被褪，這驚嚇可是非同小可，她直覺的伸手一揮——

啪！清脆的巴掌聲迴響在空中，仇端平莫名其妙：

第四章　出閘

「妳做什麼？」

「這句話應該是我問的吧？」

「我……」

「不要臉！」

「妳聽我解釋……」

「不用說了！你出去！」

「妳聽我說……」

「出去！」

柳畫娘氣急敗壞，仇端平也心有怨懟，心想自己對她至此，竟然恩將仇報，乾脆拉過她的手，朗聲問道：

「妳自己看看，這是什麼？」

柳畫娘看到大大小小的指印布滿了整個手臂，像是烙在身上，驚駭不已。

「這是什麼？」

「這妳應該比我更清楚，妳是不是遇到什麼了？」

自己還奢望那一切都是夢，未料卻以這種方式呈現，柳畫娘雙腿發軟。

「畫娘，妳跟我說，到底發生什麼事了？」仇端平一心詢問，甚至忘了臉上火辣辣的一巴掌。

「他們……他們……」明明水仍是熱燙的，柳畫娘卻仍在發抖。

「怎麼了？」

見柳畫娘臉色異常的慘白，仇端平想起讓她一直泡在水裡也不適宜，便找了條大毛巾裹住她，柳畫娘也任他將自己抱到床上。

「我不知道我碰到什麼了，他們就在我眼前，抓著我一直說要來了……」

柳畫娘捂起耳朵，彷彿這樣便可以阻止那聲音一再迴旋。

「是誰？」

「我不知道、我不知道……」

「妳一定得告訴我他們究竟是誰，要是再來的話，才有辦法對付呀！」

第四章　出鬧

「他們還會再來？」柳畫娘聲音拔高。

「不！我的意思是，」仇端平急忙解釋，「有備無患總是好！妳慢慢說，告訴我妳看到了什麼？」

經他這麼一說，柳畫娘安心了，她吞吞吐吐的道：

「我看到那些不像是人，他們有的頭上長角、有的沒有手腳……」她又恐懼起來，「我還看到了一個人，他……他沒有頭，身上的衣飾像是個將軍，他拿著刀斬著那些鬼，把他們砍成一半……」柳畫娘說不下去了。

「佛珠呢？」仇端平注意到她的手腕空無一物。

「什麼？」

「我要妳戴上的佛珠呢？」

「佛珠……在我畫畫的桌上。」

「不是叫妳好好戴著嗎？」仇端平的口氣有些責備。

「我畫圖的時候，不小心把它弄髒了，才想把它拿下來洗乾淨的。」柳畫娘囁嚅。

「我不是叫妳戴好嗎?任何時候都不能讓它離開妳!萬一出了什麼事怎麼辦?」

仇端平不覺惱怒起來,失去她的恐慌,他可不願再承受一次了。

「有了佛珠,他們就不會來找我了嗎?」

「至少可以保護妳不受傷害。我出去拿佛珠,妳可以起來穿衣服了。」他背對著她,走了出去。

柳畫娘這時候才想起,自己幾乎是呈半裸的出現在仇端平面前,還被他抱到床上,這時候她才感到羞赧。

※　　※　　※

梳洗過後,柳畫娘任長髮拖曳在後,熱流在身子裡奔騰,相當舒暢。她走出房間,見到仇端平臉上的五指印痕,較她身上的有過之而無不及,不禁愧疚起來。

「對……對不起。」

仇端平知她所指何事，他摸了摸臉頰，淡淡道：

「算了。」

「還很痛嗎？」

「這算不了什麼。拿去，把它戴好，可不要再拿下來了。」仇端平將佛珠戴上她的手腕。

「你是不是知道我遇到了什麼？」她發問。

「妳不是說妳遇到鬼了嗎？」

「那是在你送我佛珠之後，在你送我之前，是不是早就知道哪裡不對勁？要不怎麼在聽到我取下佛珠時，反應那麼激烈呢？」

柳畫娘承認自己後知後覺。仇端平直視著她，在經歷過那些後，她還能氣定神閒的站在這裡，也不簡單了。

「我走的時候，不是叫妳不要畫畫嗎？」

「哪有什麼關係？」

話一出口，柳畫娘也愕然了，真的沒有關係嗎？出現的鬼怪、圖中的厲鬼，相似度未免太高了。

「此地大陰，妳又性屬陰氣，本來就很容易招來邪氣。妳畫的又是陰物，陰上加陰，終化為邪氣。」

那麼……是《覺醒圖》的關係了？柳畫娘適才洗過澡熱騰騰的身子，在這時全化為寒氣，冷到腳底。她的遭遇奇詭、陰森，不是普通人所能承受的。

「那我怎麼辦？他們還會不會纏上我？」

「有我在這裡，他們不敢來的。」

「我知道你在這裡，可是……他們無影無蹤，虛浮幻化，要怎麼做才制得了他們？」

「相信我。」仇端平握住她冰冷的手。

「你要怎麼做？」

第四章　出鬧

「我不會再讓他們靠近妳。」

他的話有令人心安的特質，柳畫娘望著他，淺淺的浮上微笑，仇端平不能遏抑心中的憐惜大起。不加思索的，仇端平脫口而出：

「今天晚上，我睡在妳房間。」

「什麼？」柳畫娘嚇了一跳。

「我說今天晚上，我睡在妳房間。」

柳畫娘臉紅起來，只道：「孤男寡女怎能同居一室，你不可以這麼做。」

「我不過是要睡在地上，並沒其它意思。我是看最近不只是城內，連這裡也不安寧，才要就近保護妳。」

柳畫娘一怔，霞雲布滿臉頰。原來他是這個意思，是自己錯怪他的善意了。但自己已經被他抱到床上，晚上又要和他待在同一個房間？光是想像，柳畫娘全身都熱了起來。

見柳畫娘不語，仇端平為她下了決定：「待會我就把東西都搬進妳房裡。」

「我還沒答應呢！」

柳畫娘微弱的抗議，被仇端平視同無效。

第五章　無頭

夜已深沉，外頭的黑暗和屋內的通明形成對比。燭光從縫隙透了出去，仍被黑暗中的魔鬼吞噬。怕闇夜生事，柳畫娘第一次在睡覺的時候點燭火，讓她能更清晰的看到仇端平，他正在自己房間打地鋪。

她向來一個人慣了，卻平白闖進一個男人，現在這個男人還睡到她房間，攪得她是心神不安、思緒紛沓。

「該睡了。」仇端平見她充滿防衛，出聲勸道。

「嗯。」

柳畫娘緊張的抓住棉被，自己怎麼可能不累？只是現在她除了要防患鬼魅之外，還有仇端平，精神如此緊繃，怎麼闔得上眼睛？雖然說他們在這間屋子度過幾天，但都謹守本份不敢逾越，現下孤男寡女的待在一起，她更百般不自在。

「待會就睡了。」

仇端平索性以手撐住臉頰，上半身抬起了起來，開啟了話匣子。

「妳一個人住在這裡，不會擔心嗎？」

「習慣了。」

「看得出來。妳到底在這裡住了多久？」

「從我出生就住在這裡了，爹娘生前喜歡這裡的清幽，我則是喜歡一個人的逍遙自在。」

「平常沒有人來嗎？」

「不，周大娘定時會過來，還有老徐是服侍我們家的管家，也住在這裡不遠的地方。」

「妳倒是過的像神仙。」

「是神仙還會遇到鬼嗎？」一句話將適才的氣氛提升至緊繃，仇端平見她仍是驚慌，這也難怪。平常一個大男人遇到鬼都嚇得魂飛魄散了，更何況只是一個嬌弱的女子呢？

「妳不要想太多，越想越勞累，人一累氣便虛，到時他們便趁虛而入。」

「真的？」柳畫娘臉色發白。

「妳現在氣已虛，陽氣不足，別再耗竭了。」

「那他們還會再來糾纏我嗎？」

「有我在，妳放心。」

「那麼有把握？」

仇端平但笑不語，使柳畫娘心中的騷動。為了避開那滋生的情愫，她轉移話題：

「對了，你去城裡查的怎麼樣了？」

「那些鬼不知道從哪裡來，找不到出入口。這樣的話，得費一番心力才能把他們趕回去。」

「那是真鬼了？你之前不是還不確定是真鬼假鬼嗎？」

見她臉色發白，抿緊雙唇，仇端平問道：

「佛珠戴著嗎？」

「在這裡。」柳畫娘舉起手腕。

「那很好，別再拿下了。睡吧！」

仇端平說著便將身子往地鋪一躺，他也累了。

柳畫娘也躺了下來，仍不得安心，只要想起那一幕，就覺得整個人快被拖進了地獄，幸好有他。很快，柳畫娘聽到男人的呼吸聲，沉穩而有規律，像是柔軟的潮汐拍打著，安撫著自己。她心一寬，便進入了夢鄉。

※　※　※

平地一聲雷，天地像是龜裂了，即使沉睡於夢鄉，亦被這驚天雷響吵醒。

仇端平醒了過來，桌上的燭火尚盡，半明不熄，乍暗乍明，幽微難測，窗外呼嘯的風聲雨聲，氣氛詭譎恐怖。

第五章　無頭

床上突然有所動靜，仇端平開口：

「畫娘？」明明聽到她的聲音，卻沒了下文，仇端平爬了起來，走近她床邊，發現簾幔後面的人影坐著。

「醒了嗎？」

仇顛平打開簾幔，他看到了滿頭冷汗的柳畫娘。她指著前面，眼神駭然，說不出話來。

仇端平察覺有異，忙問：「怎麼了？」

柳畫娘仍是沒有講話，但是她的視線、手指頭都指向同一個方向，他順著她的指示望去……白色的閃電劃破了天際，窗外出現了一個無頭之影。

「誰？」仇端平大吼！

窗外只有雨聲和竹葉摩擦作響，再加上燭火在這個時候終於燒盡，整個世間像是籠罩在一片黑暗之中。

「就……就是他。」柳畫娘從黑暗中透出恐懼的聲音，微微弱弱的，「就是那個無頭將軍……」

仇端沉聲：「我出去看看。」

「不要！」柳畫娘聽聲辨位，抓住了仇端平，「不要離開我！」

「妳放心，我馬上就回來。」

「求求你別走，不要放我一個人……」

反手抓住她的手腕，仇端平那緩慢而具有力量的聲音道：「我去把那個傢伙解決，免得他老是來騷擾妳。」

「那我怎麼辦？」

柳畫娘的語氣透露著無助，仇端平將她擁進懷中安撫了一陣，最終還是放開了手。

「我很快就回來。」

「仇端平！」

只聽到門被打開的聲響，男人走出去了。

第五章　無頭

※　　※　　※

仇端平手持伏魔劍衝了出去，雷雨轟隆轟隆的下著，濕答答的空氣貼著他的肌膚，令人很不舒服。

「誰在外面？給我出來！」

風吹過竹林，猶似鬼嘯。仇端平謹慎的巡視，沒有動靜，但這不代表沒事，夜幕是他們的保護色，他得更加小心翼翼。仇端平凝神巡視四周的環境，赫然見著一副巍峨的身軀站在他面前，脖子以上沒有頭顱——柳畫娘口中的無頭將軍。

「站住！你要幹什麼？」

無頭將軍沒有說話，逕向他走了過來。

「站住！」仇端平見他不聽話，還想往屋子裡面走，更加惱怒。

「有本事就衝著我來，不准進去！」

像是沒聽到他的話，無頭將軍伸出手，推開了門——

「住手！」仇端平劍一揮，無頭將軍身子一閃，跳進了雨中。

仇端平跟了出來，不顧在傾盆大雨中，怒道：

「你到底是什麼人？騷擾畫娘有什麼意思？識相的話就乖乖走，要不然別怨我不留情份。」

叔公教導他的是與其它世界生物相處之道，但是這個生物已經侵犯到他的領域了，仇端平擺起捍衛架勢。無頭將軍身形揮動，仇端平以為他要動手，將伏魔劍往前一刺，卻沒中。兩人在雨中一來一往，無頭將軍也抽出了刀刃。仇端平見對方身手矯健，氣勢不凡，而且不怕他的伏魔劍，更為訝異。看來這無頭將軍不是尋常鬼魅，一時也難分勝負。

兵刃交接，在雨中發出電雷火光，鏗然有聲，藉著幾次雷閃，讓柳畫娘看得心驚肉跳。

「妳出來幹什麼？」

仇端平看著跑出屋外的柳畫娘，感覺對手的動作也停頓了下來。

第五章　無頭

「我擔心你所以出來看看。」

「傻瓜，不是叫妳待在裡面嗎？」

柳畫娘的叫聲顯然驚動了無頭將軍，只見他放下仇端平，向她走了過來，仇端平也發覺無頭將軍的異樣。

「住手！」

無頭將軍無視於仇端平的存在，繼續向前走。仇端平見來不及阻擋，又見柳畫娘就在無頭將軍不過數尺的地方，唯恐她受傷害，雖然不知無頭將軍的真正意圖，但他光憑讓柳畫娘的恐懼這一點已是罪大惡極，於是舉起劍，往無頭將軍背後一刺——

劍刃穿進了無頭將軍的身軀，血液和雜著雨水汩汩的流了出來。

情景詭異至極，柳畫娘既慌且懼，衝到仇端平身邊，不可置信的看著無頭將軍搖搖晃晃的捧著身子，踉蹌的退了幾步。

「妳沒事吧？」

「我沒事。」柳畫娘答，只是身子有些顫抖。

「我不是再三囑咐，妳怎麼還是跑了出來？」仇端平將她拉到自己身邊，有些不悅。

「我怕你出事。」

「我不是跟妳說過了嗎？妳一直不相信我？」

但仇端平也不忍苛責，柳畫娘已經夠害怕了，不想再增加她的壓力。他左手將柳畫娘摟進懷裡，右手仍持著伏魔劍。

大雨滂沱，雷聲隆隆，待將注意力回到眼前時，無頭將軍已消失的不見蹤影。

※　　※　　※

燭光躍動，燈影晃晃，牆上的兩個人影格外幽渺。

柳畫娘不敢再睡覺了，唯恐惡夢在另一個世界騷擾她。而仇端平在屋內屋外布下了陣法，將他和柳畫娘護於其中。若是有異狀時，會讓他提高警覺。

第五章　無頭

忙進忙出之後，他進到臥房時微愕：

「妳怎麼還沒睡？」

「我在等你。」她乾著聲音道。

「等我？」

「嗯。」

仇端平看著她發白的臉色，身子還在微微顫抖，心中不禁柔軟了下來。

「沒事了，別怕。我已經設下了陣法，那幫鬼怪一定進不來。就算進來了，我也絕不讓他們碰妳一根寒毛。」

柳畫娘想到手上的痕跡，微微掀起衣袖，疤痕很淡，已經快消失了。

仇端平憐惜的抬起她的手腕，問道：「還會痛嗎？」

「不會了。」

柳畫娘放下袖子，有些抱怨：「你會除鬼，當初你為什麼都不說？」

「妳沒問啊！」

「我曾經問過你會不會抓鬼？你說你只是去服侍你叔公。」柳畫娘提醒他。關於仇端平所說過的話，做過的事，她都記得一清二楚。

仇端平一怔，笑了：「我並沒有隱瞞，只是覺得沒必要大肆宣揚。」

這倒也是，不過柳畫娘仍然不服氣。

「你不早說，害我被這幫鬼怪糾纏，到最後才發現你這位大師就在身邊。」

「我並不是無所不知，知道妳發生什麼事啊！」仇端平無辜的道。

「當初你把話說清楚不就得了？」柳畫娘仍是動了氣。

連日來的擔憂、害怕，在面對仇端平時，一股腦洩了出來，像一個小孩子似的，跟父母使著性子。

仇端平本想回幾句，窗外傳來——

「喵嗚……」

柳畫娘一驚，唯恐那於黑暗中的鬼魅又跑了出來。仇端平當下的反應是摟住了她，哄勸道：

第五章　無頭

「沒事，那只是貓而已，沒事了。」

「貓？」她顫巍巍地反問。

「是啊！貓。」

曖昧的舉動為時過久，仇端平鬆開了手臂，卻被一拉——

「別走。」柳畫娘輕聲說。仇端平一愣，不再鬆手。

柳畫娘為自己的請求感到羞赧，但是只要有他，那不安便一點一滴消失了。其它的，都不重要了。

※　　※　　※

柳畫娘醒來，沒有被惡夢侵擾的她，精神格外好。昨夜她枕在仇端平的懷裡，嗅取他的氣息，給予了自己力量，趨散了惡鬼。

想起昨夜，她的雙頰不住泛起嫣紅。哪有一個姑娘家叫男人抱著自己，還跟他一同入睡的？不過他並沒有趁人之危，倒是個正人君子，有他在，自己的確安心了不少。

前廳隱隱傳來人語，除了仇端平之外，還有別的人在。柳畫娘趕緊起身，走出廳堂，見仇端平正受老徐的詢問：

「你叫什麼名字？做什麼的？家住哪裡？來這裡幾天了？為什麼你在這裡？我們小姐呢？她到哪裡去了？」

「老徐！」

「小姐，」老徐走了上前請安，「妳還好吧？」老徐是柳家的總管，已經服侍四十多年了，對柳家一直很忠心。柳畫娘也是他從小看到大的，所以在見到外來者時，便揚起捍衛的羽翼。

「我很好，你來多久了？」

「剛來一會兒，就見他在這兒。」老徐看著仇端平，問柳畫娘：「這位說是妳朋友？」

「是啊！」

「我怎麼從來沒見過他？」

第五章　無頭

「他是外地人，你當然沒見過他了。」見著老徐充滿警戒，她道：「你放心，端平是個好人，這幾天多虧他了。」

「出了什麼事嗎？」老徐忙問。

「沒什麼，你不用擔心。」柳畫娘不想嚇壞老人家。

「小姐，我今天會來，是有件要緊事。聽說這幾天城裡鬧鬼，讓大伙人心惶惶、忐忑不安，妳可要小心點啊！就連周大娘的孫女小蓮，前天也中了邪，成天躺在床上，都不說話了。」

「小蓮出事了？」柳畫娘大驚，小蓮怎麼會中邪了？

仇端平挑高了眉，聚精會神的聽著。

「周家這兩天搞得是雞飛狗跳，都不知如何是好？請來道士驅邪，到現在也沒看到療效。」

柳畫娘擔憂的蹙著眉：「老徐，你陪我去看看。」

「我也去。」仇端平開口了。

老徐驚愕的望著他，脫口而出：

「你去幹什麼？」

「老徐，讓他去就是了。」

「可是……」

「不要緊的，等我準備一下，我們去看小蓮。」打斷了老徐，柳晝娘望向仇端平，有他在，鬼怪算什麼！

※　※　※

這是那個天真爛漫、活潑可愛的小女孩嗎？柳晝娘不敢置信的看著小蓮，她雙眼呆滯、茫然無神，坐在床上毫無生氣，看得人心疼不已。

「她這個情況多久了？」仇端平詢問。

周家人口簡單，周大娘和她的兒子、媳婦，就只有這寶貝孫女了，所以小蓮出了事，全家是愁雲慘霧。

「兩、三天了。」周大娘回答著：「那天我叫小蓮送符咒去給柳姑娘，回

第五章　無頭

來後就變成這個樣子了。哎哎哎！小蓮身上明明也帶了平安符，怎麼還會出事呢？哎哎！這符到底靈不靈啊？」她唉聲嘆氣。

「這符要靈的話，就不會接二連三的出事了。」仇端平冷冷的道。

「公子，你這意思是……」

仇端平沒有回答，他發現小蓮額間有青氣，難怪小蓮會不對勁。

柳畫娘坐上床沿，輕輕喚道：「小蓮，是我啊！我是柳姊姊啊！妳不是常纏著我，要我畫些小鳥、小魚的給妳嗎？小蓮，妳聽到我說的話了嗎？」柳畫娘不捨的握住了她。

這時，原本昏迷的小蓮，卻忽然不斷往後退，且驚懼地尖叫。

「啊！不要過來！走開！」說著便又踢又打，柳畫娘一個不慎，手被她抓出五道痕跡。眾人都被這突來的舉動嚇到，仇端平趕緊把柳畫娘帶開，小蓮的爹娘連忙壓住了她。

「小蓮，妳怎麼了？那是妳的柳姊姊啊！」

「是啊是啊！柳姊姊來看妳了，妳怎麼還不好起來呢？」小蓮的娘說著，邊哭了起來。

「不要——不要——」小蓮叫聲淒厲，不絕於耳。

周家的人趕緊壓住小蓮，仇端平把柳畫娘帶到旁邊，心疼地看著那道傷痕，他心疼的問道：

「妳還好吧？」

「還好。」柳畫娘的心思在小蓮身上，這傷也就不當一回事了。

傷口開始滲出血絲，怎麼可能還好呢？仇端平取出身上的傷藥，在她手臂上輕輕的敷上，一股清涼吸走了灼熱，傷勢也不再疼了。

「不要抓我！走開！走開！啊——」

在這小小的身軀裡，怎麼會藏著令人心神俱裂的厲嚎呢？柳畫娘不解小蓮為什麼會對自己有這麼大的反應，自己只不過伸出手去摸她。

伸手？

第五章　無頭

她伸出的是她戴著佛珠的左手，這佛珠曾讓她在睡眠時不受惡鬼干擾，是不是也影響了小蓮？

還來不及發問，就聽到仇端平開口吩咐：「老徐，麻煩你送柳姑娘回家。」

「端平？」柳畫娘不解的望著他。

「我要幫小蓮除去煞氣，除非摯親，其餘人等一律不准在現場。」仇端平嚴肅的道，他這話令現場眾人一愕。

周大娘激動的問：

「你是說……你要幫小蓮除煞？」

「把這些該死的符咒撕掉！」仇端平指著牆壁、窗戶、門上貼著的黃色符咒惱道，看了就礙眼。

「這些可是我們花了十兩銀子買回來的呀！」小蓮的娘說。

「如果有用，小蓮還會躺在床上嗎？」一句話說得現場沒人吭聲。

老徐護主心切，他拉著柳畫娘道：

「小姐，我們走吧！」

「我想留下來。」柳畫娘拉著仇端平。

「小姐！」

「妳回去吧！妳在這兒幫不上什麼忙。幫小蓮驅邪之後，我就會回去。」仇端平跟她保證。

「我等你。」

「畫娘……」他嘆了一口氣。「驅邪不是件簡單的事，最怕波及他人。妳還是走吧！免得讓我擔心。」

柳畫娘咬著下唇，勉強同意：

「好吧！我回去就是了。你早點回來。」

周大娘送著柳畫娘和老徐出門，在確定仇端平聽不到之後，周大娘挨著柳畫娘好奇地問道：

「柳姑娘，那位公子……是打那來的啊？」

「周大娘，妳放心，妳可以相信他。」

「小姐，妳才認識他沒多久，怎麼知道他是個什麼樣的人？」老徐警戒心強，遵守柳老爺的遺言，要好好保護小姐。

「交友貴知心，時間的長短並不能代表什麼。」柳畫娘淡淡的道，拿下手上的佛珠，交給周大娘。「這妳留著，給小蓮保平安。」

「柳姑娘，這妳留著就好了。」

「我前些日子也遇到一些事情，戴上這幾天便安安穩穩，妳就收下吧！這或許能為小蓮消災解厄。」柳畫娘強迫周大娘接過。只要有能夠逐魔趨鬼的仇端平在，她哪需要這些呢？再者她也希望這真的能夠助小蓮一臂之力。

「柳姑娘，妳也遇到了？」周大娘睜大了眼睛。

柳畫娘沒有多說，只道：

「妳收下吧！老徐，我們走。」

第六章　吞噬

將柳畫娘送至屋外之後，老徐原本要留下來陪她，被柳畫娘婉拒，並命他離開。柳畫娘踏進屋內，突覺寒意襲身，連忙關上門窗，卻仍抵不過那一陣又一陣的陰涼，連帶的心頭也寒涼起來。

仇端平說要幫小蓮驅邪，會不會有危險呢？跟他認識以來，雖知他的能力在她所知之外，但萬一他出了事……一顆心無端端的懸了起來，他一不在，她就心神不寧，無法氣定神閒……她是哪裡著魔了？

「砰砰！」

門在響，是仇端平回來了吧？柳畫娘驚疑，他驅邪速度這麼快？唇邊卻不禁泛起笑意，出去迎接。

「端平，是你嗎？」

第六章　吞噬

「匡啷！」

「刷！」

不是仇端平。

此刻，所有的門、窗同時被打開，柳畫娘吃驚地望著四周，風從四面八方湧進，將牆上、桌上可吹離的物品全吹倒在地。

熟悉的異樣直入心坎，柳畫娘大為驚駭，她來不及反應，便聽到尖銳而細碎的笑聲：

「呵呵呵……」

「嘻嘻嘻……」

她捂住耳朵，而那令人難以忍受的尖拔笑聲猶如調笑，毫不留情灌入了她的腦海，波動起伏，震得她好生難受。

轟隆！

隨著調笑聲響的是轟天巨雷！那雷像是打中了她的身子，她的身子受到劇烈地震動，神智、心靈都被震得飛散了……而將她的心神拉了回來的，卻是她最嫌惡的尖拔笑聲！

「呵呵呵……」

「終於等到了……」

在天色驀然暗下來之際，一個、兩個、三個的鬼怪現身。隨著天色的變化，鬼怪越來越多，並且向她伸出不知能不能稱得上手的五爪，有的白骨嶙峋、有的支離破碎、有的血肉模糊。

開始下雨了，且是傾盆大雨，而柳畫娘恐懼地想要逃跑。

「不要！放開我！」

她想要推開向自己伸過來的手，偏偏她越推，手伸的越多，到最後，她的手、她的腳、她的身子全被抓住了。

「端平！」柳畫娘驚叫，以為這樣便能擋住他們的攻勢。

眾鬼抓著她，冰涼僵硬的鬼手抓的她很不舒服，她想要掙脫逃離，卻發現

第六章　吞噬

他們正將她往黑暗中拉去。

「救我……端平……救我……」

接著進入一片黑暗。

他們要帶她去哪裡？為什麼要抓她？不安與恐懼緊緊裹住柳畫娘，她的身子不斷下沉，光明離她越來越遠，仇端平也越來越遠，像是他是一場夢……

還是，自己才是他的一場夢？如今仇端平的夢醒了，她也該退去了……

在光與影的交會中，黑暗逐漸吞噬了所有。

※　※　※

仇端平心頭一驚，腳步急忙加快。為小蓮驅邪並不算困難，但仍費了些時間；甚至到最後，他都心浮氣躁起來。發現自己不對勁之後，他默背心經使自己鎮靜下來，但在驅邪之後，並沒鬆了口氣，反而更加沉重。而這雨來的奇異又詭魅，雷電甚至是紅色的。

天生異象，必有橫禍。叔公教導過這一句話一次，僅僅那麼一次而已，他卻在此時此地憶起。仇端平踩著腳步，在水窪裡奔跑，水花四濺。

「畫娘！」

仇端平推開了門扉，踏進了屋裡。除了外面的雨聲，就只剩自己因奔波而急促的呼吸聲。仇端平慢慢將屋子巡了一遍。

柳畫娘不在。

心像是擺動的鐘擺，越晃越難安，仇端平見不到人、放不下心。

不是要她先回來嗎？她人跑到哪裡去了？

走到她的畫桌邊，才想喘口氣時，一口氣卻又提了上來，出不得、進不來，他屏著氣看著桌上那層薄紗，薄紗底下，便是《覺醒圖》，這薄紗是為了防止灰塵落下，以及她可以隨時可以落筆的《覺醒圖》，而現在圖中……柳畫娘正為厲鬼所擒。

「畫……畫娘？」

他將薄紗拿開，看到《覺醒圖》中，的確多了個女子？

她不至於把自己繪入圖中吧？他顫巍巍的伸出了手，想要查明這是不是真的？一股極微弱的波動透過他的指尖，傳送過來……

救我……救我……

那來自遠方的呼喚藉由他的耳膜清清楚楚的貫穿神經，到達他的心扉，他的心因繃太緊而痛。

「畫娘？」他驚異的望著那幅活生活現的《覺醒圖》。

難怪他找不到鬼怪的出入口，原來都是透過這幅畫！此地大陰，陰上加陰，難怪他沒有察覺氣流波動的不同。就像在墨汁裡倒入黑水，如何分辨？要不是剛才那聲呼喚從結界傳了出來，他想也想不到這陣子鬼怪出沒的入口，竟是這幅畫？

而柳畫娘，正透過這幅畫被他們帶往陰界。

竟然敢在他面前抓人，而且還是柳畫娘！仇端平大怒，對著《覺醒圖》大喊：

「畫娘，妳別怕，我就來救妳了！」

叔公在圓寂之前，曾將累積超過一甲子的功力灌頂傳授給自己，要不能力淺薄的他，如何能夠進入陰間？而此地武曲七殺坐命加煞，今年歲建又在凶星，若想強入陰界救人，恐有虞慮。

明知山有虎，偏向虎山行。為了柳畫娘，他在所不惜。仇端平算過紫微之後，在屋內迅速的擺起陣法，借七殺、破軍、貪狼啟開陰界大門，以天魁、天鉞、左輔、右弼、文昌、文曲六吉星護住本命宮，從懷中取出硃砂線，利用紅蠟擺成七星陣，口唸密訣，唸了數個時辰之後，陰門終於大開。

陣法之內，地面如遭硫酸融蝕，陷入無邊黑洞，而黑洞內陰風森森，朝外吹送。

在跳入黑洞之前，仇端平想到什麼，他跑進柳畫娘的房間，找到她的梳子，從上面取下一根細長的頭髮，綁在左手小指上面以利他尋找柳畫娘。

回到黑洞前，仇端平拿好伏魔劍，深吸一口氣，往下跳！

※　※　※

「讓我走！」柳畫娘本就是柔弱女子，在陷於鬼魅之間，慌恐的她披頭散髮，猶如他們的一員。

眾鬼嘻笑，沒有回應。

為什麼要這樣對她？就算他們真的讓她走了，她還不知道該怎麼回去？四周暗晦難明，就算逃走了，也不知道原來的路在何方。

「為什麼要找上我？」

仍是沒有回答，訕笑更多了。眾鬼譏笑，陰森詭譎，柳畫娘拼了命想要逃脫他們的手中，仍不得其願，柳畫娘啜泣起來。走在這陰暗的地方，傳來潮濕腐朽的味道，令人噁心想吐——

仇端平到底跑到那去了？他不是法力高強嗎？為什麼還不來找自己……

「……畫娘！」

細微而清朗的聲音透過刺耳難受的笑聲傳了過來，柳畫娘抬起迷濛的雙眼，什麼都看不到，而那聲音原在數尺外，倏然在身邊。

「端平？」

「你們這些鬼東西，快放開她！」仇端平揮動伏魔劍，眾鬼見狀驚逃！柳畫娘吃驚過甚，見到他來時身子一軟，幾欲倒地，仇端平眼明手快地接住了她。

「你為什麼現在才來？我叫了你好久！」她歇斯底里的哭喊。

「對不起……」

「你要是再不來的話，我不知道會被他們帶到哪裡去？拜託你，快帶我走。」

仇端平一方面得警戒眾鬼的突襲，一方面又得分心照顧柳畫娘。好在那幫惡鬼不敢近伏魔劍身，紛紛離去，他才有時間得以喘息。他扶著柳畫娘，向來時路走去，柳畫娘瞧見黑暗之中僅有一條紅色絲線，繫在他的腰上，而他們正循著絲線的來處走去。

第六章　吞噬

「這是什麼?」她驚疑的問道。

「這是硃砂線，貫通陰界與陽間，有了這條線，我們才能回到陽間。」

陰界晦暗沒有前後之分，若不是硃砂線泛著紅光，恐也難回到陽間，柳畫娘緊抓著仇端平。

「你怎麼找到我的?」

「我找了一條妳的頭髮，綁在我的指頭上，只要妳還在，就能和它相呼應，我就可以找到妳了。」

「你到底有多少本事?」柳畫娘很驚訝。

「回去再告訴妳。」仇端平很開心跟叔公的那幾年，沒有偷懶，現下全派上用場，而且還可以救心愛的女人。

心愛的女人?仇端平一怔，這時候，他明白自己的心意了。

此時，原先逃離的眾鬼去而復返，並且呼朋引伴，發出的叫聲如在哭嚣，陣勢龐大令人一驚。仇端平將柳畫娘護到身後，大喊:

「人有人道、鬼有鬼途，你們百般糾纏意欲為何？」

眾鬼號叫，根本聽不懂他們在喊什麼，只覺他們的聲音嘔啞，實難入耳。

柳畫娘抓住仇端平：「端平，我們快點走好不好？」

長久處在陰界也不是辦法，這裡終究不是陽間，眾鬼厲厲，他又不是神，有把握制得了眾鬼，於是點點頭。

「好，我們走！」

他們想走，眾鬼可不放過，柳畫娘見他們體態詭異，極力扭曲伸展，有的將腳拿了起來擋路，有的將身子變大，阻礙了他們逃走的進度，有的先扔出手，再扔出腳，企圖制止他們。

「該死！」仇端平拿出伏魔劍，往他們的手腳砍去。

被砍到的鬼怪尖聲嚎囂，音極淒厲，而後頭的鬼怪又湧了上來，他又砍，隨即又有鬼怪追了上來。仇端平發現他們在用車輪戰，意欲消耗他的體力。這樣下去的話，兩個人都逃不了。

第六章　吞噬

仇端平心一急，他扯下硃砂線交到柳畫娘的手中：

「妳快逃！」

「那你呢？」

「我應付他們，妳快走！」

仇端平根本沒時間說話，他眼睛要注意著鬼物，手要斬鬼怪，又恐他們侵襲柳畫娘。柳畫娘拿著硃砂線，跟著線跑的話，她就可以回到陽間，可是放仇端平一個人面對鬼魅，她做不到。

「我不能走！」

「現在不是爭辯的時候了，妳快走！」仇端平察覺自己與這些鬼怪打鬥，他的氣越來越弱了，畢竟這裡是陰界，不是陽間，就像是憋了口氣，潛入水裡救人，靠的只是一口氣，如今他在這裡打鬥，陽氣耗損的十分快，不多時已感到疲憊。

「我不行走！」柳畫娘很堅持。

仇端平又怒又氣，他的心神一分，胸前門戶大開，讓鬼物有機可趁，只見一股青氣撞擊上去——

「端平！」柳畫娘驚叫。

只見仇端平口吐鮮血，連忙用伏魔劍支撐著地；其他的鬼怪見他已受傷，尖聲號笑，紛紛湧了上來。他想用伏魔劍驅鬼，但是受了傷後陽氣已弱，心有餘而力不足，朝空揮舞了兩下，暫時驅退惡鬼，但是他們又湧了上來，有的抓住他的頭、有的抓住他的腳，有的開始吸取他的陽氣……

「走開！走開！」

一旁的柳畫娘大喊，邊拿起仇端平的伏魔劍凌空揮砍；大概是沒想到柔柔弱弱的柳畫娘竟然有此神力，一時之間，眾鬼驚慌離去。

「妳幹嘛多管閒事？妳什麼都不懂，要是被鬼纏上的話，小心回不了陽間……咳！咳！」

「你沒辦法回去，我也不回去！」

仇端平不可思議的望著她，自己沒有回去的話，她也不回去？他的心思更加紛亂，氣更虛、力更弱，連忙穩住心神，深吸一口氣，吩咐柳畫娘：

「跟著硃砂線走，別再耽擱了。」

※　※　※

被老徐請來的邵瑾嵐還沒踏進屋內，就看到地上擺的陣法，眉頭微蹙，而跟在身後進來的老徐反應比他激烈，哇哇大叫起來：

「這是什麼鬼東西？裝神弄鬼的，一定是那傢伙弄的！」

「那傢伙？」邵瑾嵐反問。

「就是那個跟小姐在一起的男人啊！邵公子，那人來歷不明，我怕小姐被他騙了，你跟我家小姐是好朋友，希望你能幫幫她，別被那個男人欺負了。」老徐擔憂柳畫娘的安危，他嫌地上的紅線太過詭異，遂踢倒蠟燭，扯掉紅線。

邵瑾嵐見陣法中央本有一團黑霧，在老徐踢到蠟燭之後便消失無影，是眼花了嗎？而老徐顯然沒注意到，他低著頭收拾邊咒罵。

也許是錯覺吧？邵瑾嵐不再在意，走了進去喚著：

「柳畫娘！柳畫娘！」

「小姐不在？」老徐邊收線邊抬起頭來。

邵瑾嵐走進內堂，巡了半天，沒見到人，又走了出來，總覺得有詭異之處，卻又說不出所以然來。

「沒看到她，她或許出去了。」

「從我送小姐回來之後，雨到現在還沒停，小姐會跑到那兒去？」老徐將礙眼的東西放在桌上，自己找了起來。

邵瑾嵐看了看窗外的大雨，為柳畫娘擔憂起來。

從老徐緊張兮兮的跑去找他，他就知道柳畫娘出了什麼事，他和柳畫娘以畫會友，對這女子有著惺惺相惜的情誼，既然聽到她出事，他更不顧大雨過來一探究竟時，卻連個人影都不見。

柳畫娘失蹤，會和老徐所說的那個男人有關係嗎？

第六章　吞噬

大雨仍似潑灑般的下著，毫無停歇的跡象。

第七章　失魂

斷了！

仇端平不敢置信的看著手中的硃砂線，硬生生的斷成兩截，一截在他手中，一截在漫不著邊的黑暗裡。

心頭一急，胸口一陣翻攪，又吐出了一口鮮血，柳畫娘急忙扶住了他。

「端平，怎麼了？」

「有人破壞了我的陣法。」他抹去嘴角的血絲。

「是誰破壞的？那怎麼辦？」柳畫娘大驚。

前無退路，後有追兵，陰間冥冥、視野茫茫，彷若天地間只剩下他們兩個。

「對不起，沒辦法救妳出去，還連累了妳。」胸口血氣不順，仇端平連說話

第七章　失魂

都覺困難。

「不要這麼說，是我連累你才對。」柳畫娘見他傷勢嚴重，十分憂心，「你怎麼樣了？」

「一時三刻還死不了。」

「不要隨便亂說！」都什麼時候了，他還有心情開玩笑？

「好、好，我不說，咳……咳……」仇端平又咳了幾下。

柳畫娘的心頭慌亂，無法鎮靜。她曾以為仇端平無所不能，未料仍敗在那群鬼怪的手中。更糟糕的是，萬一出了什麼事怎麼辦？她心頭一緊，迫使自己忘了恐懼，她必須要救出仇端平。

「我們走！」她扶起仇端平。

「妳要去哪裡？」

「先躲過他們再說。」柳畫娘聽到鬼哭神號，很快他們就會追上來了。

仇端平惱怒起自己的無能，還虧他在叔公身邊學了那麼多年，到最後連自己心愛的女人都保護不了，一走心，又是一陣劇咳。柳畫娘大為驚駭，這時她發現即使面對厲鬼的懼怕，卻沒有這時的萬分之一。

「求求你別出事，千千萬萬別出事……」

「我不會有事的，妳放心。」

不過，這一次仇端平一點把握也沒有。

仇端平覺得自己的力量逐漸流失，陰間的寒風貫穿他的全身，也許這是自己的命，但是她的呢？仇端平還記得柳畫娘在原野間的嬌媚，陽光灑在她的身上，像鍍了層金子似的，她站在青翠之間，美得令人目眩神移。

只見仇端平提起一股氣，拿起伏魔劍。

「我絕不讓他們動妳半分。」

「你要做什麼？」

仇端平用左手食指沾了自己的鮮血抹在劍上，口唸般若無盡藏真言：

「納謨薄伽伐帝，唎若，波羅密多曳，怛姪他，唵，紇唎地唎室唎，戍嚕知，三密栗知，佛社曳，莎訶。納謨薄伽伐帝，唎若，波羅密多曳……」

劍身透出紅光，仇端平舉起伏魔劍，向眾鬼衝去。

※　※　※

眾鬼沒料到仇端平不但大力反擊，於是眾志成城、齊集一力對付。但見仇端平困於濃密黑霧之間，舉刀揮舞，彷彿注入了所有生命力。

「不要！」柳畫娘察覺到他的意圖，驚駭地大喊。

「嘻嘻嘻……」

「呵呵呵……」

猖狂的笑意貫穿全場，柳畫娘發現鬼怪得意的散去，藉由躺在地上泛著紅光的伏魔劍身，她看到仇端平躺在地上。

「端平……」柳畫娘哭泣，這時一記聲響貫穿她的耳膜——

「畫娘，妳快走！」

柳畫娘循聲望去，發現又有個仇端平，他正力阻眾鬼，不讓他們靠近她，

但地上躺的也是他，那被眾鬼擒住的又是？

「他們勾出了我的魂魄，妳快走，不要讓他們抓到妳！」既為魂魄，無形無體滯礙，仇端平和他們周旋更加流暢。

仇端平的魂魄？那他是不是死了？

柳畫娘恐懼起來，她摸著仇端平的軀體，發現他是冰涼的，他既受重傷，再加上眾鬼糾纏，就連魂魄也被他們勾出。而仇端平的魂魄似乎也支撐不住，連連敗退，卻還是努力捍衛著她。

只見眾鬼像將仇端平當作破布似的，踢來踢去，他毫無招架之力。一股熱血在心中迅速湧上，柳畫娘抓起了伏魔劍——

「住手！」

眾鬼大驚，望著手持伏魔劍的柳畫娘，紛紛驚駭。他們好不容易制伏了仇端平，卻又來一個看到鬼怪就胡猛亂砍、毫無章法可言的柳畫娘。

「畫娘，小心點！」仇端平很怕她會傷了自己。

第七章　失魂

「你要怎麼樣才會回到你身子？」沒拿過刀劍的柳畫娘，揮舞幾下就已氣喘吁吁。

「我的身子已虛，陽氣太弱，才會讓他們有機可趁，勾走了我的魂魄，現在就算我想回去……也回不了。」他淒楚的一笑。

不知是錯覺還是怎麼的，柳畫娘覺得他的魂魄越來越薄、越來越弱，就像是要氣化了似的。

「你怎麼了？」

「我……我覺得好累。」

柳畫娘放棄對付鬼物，伸出手想要抓住他，但人、魂性質不同，她抓不住他，只見他逐漸消失……

「端平！」

仇端平明瞭自己耗竭過多精神，他的軀體已受到傷害，心神又放在對付鬼物之上，所以他的魂魄也岌岌可危了。他試著伸起手，想再摸摸柳畫娘，卻什麼也抓不住。柳畫娘驚懼的想抓住他，碰到的卻是一團空氣。

「這是怎麼回事？」

仇端平手放了下來，身子倒了下來，柳畫娘卻捉不住，只能眼睜睜看著他在眼前消失。

「嘻嘻……」

「哈哈哈……」

眾鬼見柳畫娘已沒人保護，得意的猖狂大笑，朝她湧了過來，而柳畫娘還在怔忡，沒有任何反應……

※　※　※

一道紅雲劃破黑魅，捲住身形快消散的仇端平魂魄，阻止了他灰飛煙滅。

驚天動地的踏步聲隨之而來，準備有所動作的鬼怪見狀紛紛落荒而逃，卻被一把長長的刀鋒破身斬首，然後化為一縷氤氳。

剎那間，陰間充滿鬼哭神嚎，掩耳不絕。

第七章　失魂

柳畫娘像是沒有看見，她看著仇端平的身子，雙眸緊閉，卻沒有動彈。

「端平……端平……」柳畫娘撫摸著他冰涼的臉與手。

「醒來！你不是老愛說沒事，不是說你一時三刻死不了嗎？為什麼要嚇我？」

如果仇端平真的死了，那她也不想活了，早就說過要回去就一道回去，誰也不許落單！她抱著仇端平的軀體痛哭。

「柳姑娘。」

一記清脆悅耳的聲音在她面前響起，柳畫娘淚眼迷濛，抬起頭來，見到一名姿色絕麗的女子，額間有道紅色菱形妝靨，紅裳在黑魅的陰間裡格外搶眼，就像是天邊的霞雲，絢爛的叫人不敢逼視。

見她向前一步，柳畫娘對突然出現的女子充滿敵意。

「不要過來！」

「我只是要讓他的魂魄歸體，再不回去的話，他恐有性命之虞。」

柳畫娘這時才注意到，那女子手中不知何時抱著仇端平……應該是仇端平的魂魄，朝她走了過來。

「這是……」

「這是他的魂魄，幸虧尚未消散，他還有救。」女子說著便蹲了下來，將仇端平的魂魄往他的身子一送，那兩個身影便重疊了，但是魂魄與軀體之間似乎沒有引力，又要飛了起來，女子趕緊按住他的額間，紅光一閃，便沒有動靜了。

柳畫娘忘了對她充滿警戒，吃驚的問：

「妳到底是誰？」

「我叫李蓉。」報上名字之後，李蓉便道：「他已經沒事了，不過精氣受到重創，需要休憩，妳跟我們走吧！」李蓉說完便對著持著長長刀鋒的影子叫道：

「姬磊！」

姬磊收住了手走了過來，其它惡鬼見機不可失，趁機逃走。柳畫娘瞧見那斬惡鬼的姬磊，倏的花容失色。

第七章　失魂

正是那個無頭將軍。

「妳切莫慌張，姬磊幾次擾妳並無惡意。」李蓉見狀趕緊安撫：「他只是性急了些，我就叫他不要單獨找妳，他偏偏不聽。姬磊，你把人家嚇成這樣，去幫幫她把仇公子扶起來。」

那姬磊聽李蓉這麼說，向柳畫娘走去。

雖聽李蓉那麼說，柳畫娘仍不放心，她不讓姬磊碰仇端平一根寒毛，那姬磊嚇得她膽顫恐懼，她怎麼可能把仇端平交到他手中？

雖瞧不見他的臉色，卻能感受到他的無措，姬磊向那李蓉求救。雖未言語，但似感受到他的心靈，李蓉走了上來。

「柳姑娘，妳放心，我們沒有惡意。」

「如何證明？」

「我們救了你們，就是最好的證明。」柳畫娘一愣，這倒也是。

李蓉和顏悅色的道：

「你們落入陰界，本來就很危險，仇端平精氣消耗過甚，命宮又受到衝擊，依妳一人絕對無法救他，不如就相信我們。」

「我怎麼知道跟著你們不會比現在更危險？」

「現在妳別無選擇了，不是嗎？」

也是，她只會畫畫，其它的什麼都不懂。柳畫娘恨起自己的無能，只會牽累仇端平，而幫不上什麼忙。

反正已經沒有什麼好失去了，為了仇端平，就姑且相信他們吧。

※　　※　　※

悠悠渺渺，猶似昏沉，柳畫娘感到意識像是脫離，不知道自己在何處？她只覺得身子不斷被推，又像是有人在拉她，突然胸口一熱，整個精神恢復了過來。

「還好嗎？」李蓉站在她眼前。

柳畫娘閉上眼睛，又張了開來，第一句話就是：

第七章　失魂

「端平呢？」她沒忘記心繫之人。

「我讓他躺在玉棺內保住命宮，吸取陽氣，等滿七個時辰之後，他自然會醒過來。妳的身體受極陰影響，恐有神魂脫體之虞，這塊玉玦千萬不可離身，直至妳回到陽間方可拿下。」李蓉吩咐著。

柳畫娘發現身上掛著潔白的玉玦，握起來溫溫潤潤的，令人通體舒暢，剛才那股熱流，似乎就是這塊玉玦？

「那他人呢？」

李蓉指著旁邊，柳畫娘才發現這裡別於之間的陰晦幽明，但仍不像陽間有陽光的照明，這裡介於兩者之間，猶似乍明未明的晨曉，藍魅的天色脫離不了陰間的沉鬱。

前頭有個棺材，材質都是玉質，她走上前，見到仇端平躺在裡頭，臉色好了許多，呼吸平順，胸口微微起伏，她放心了。

這裡是哪裡呢？她疑惑起來。

這裡像是冥府，又像是宮殿，庭臺樓閣、假山流水，景色華麗，而他們正在一片庭園之間，還有花草。要不是天色奇詭，籠罩在一片晦藍之中，會讓人彷若置身皇宮。

「這裡是什麼地方？你們又是誰？」柳畫娘回頭問道。

「這是我死後，我父皇燒給我的宮殿，他命人將宮內的花草樹木、樓臺庭院都彷照皇宮做成，所以這裡可以說是陰間的皇宮。」

「父皇？妳到底是誰？」柳畫娘覺得快喘不過氣了。

「我是前朝南平公主李蓉，在派系紛爭中被人暗殺，我的隨身護衛姬磊為了護我，也被殺戮，敵軍砍了他的頭顱，他還不肯倒，他們便把他的頭顱毀滅，才順利殺了我。父皇來不及救我，才命人燒了一座皇宮，讓我在陰間有落腳之處，並追封姬磊為將軍。不過……這一切都已經過去了。」

李蓉說的容易，柳畫娘卻覺心驚膽跳。前朝？那就是唐代了。

「他捍衛妳至此？」

第七章　失魂

李蓉淡笑：

「所以我才希望能完成姬磊的心願。他因為我，失去他的頭顱，至使他成為鬼魂之後，也是個無頭將軍。我希望能藉由妳的巧手，還他的本來面貌。」李蓉抱起一隻跑到她身邊的兔子。

「我？」

「是啊！妳畫技卓絕，聲名遠播，就連陰間也知道妳的名氣，所以那些鬼怪才想藉著妳的技藝重回陽界。」

「不過是尋常技藝，何來回陽之說？」

「尋常技藝？」李蓉笑了，將手中的兔子遞到她面前。「妳看得出來，這是什麼嗎？」

「不就是隻小兔子嗎？」再怎麼看也不會是隻大野狼。

「這白兔乃是妳畫的呀！妳繪圖時貫注精氣心神，妳的圖畫也有了靈性，又因沒有實體，只能在陰界竄行。」

「我……我畫的？」柳畫娘不可思議的看著小兔子，小兔子似乎也朝她眨了眨眼，如同在打招呼。

李蓉將小兔子交到她手，繼續解釋：

「我也想藉著妳的手，讓姬磊有個頭顱。姬磊就是性急，在得知妳能助他一臂之力後，就迫不及待去找你，才造成那麼多誤會，真是對不起妳了。」

「原來如此。那麼……那些鬼怪想藉由我回陽，又怎麼說呢？」

「《眾生覺醒圖》本意喚醒世人良知，卻成為陰、陽兩界的通道。那些鬼怪想抓妳到陰界，就是要利用妳，要妳貫穿陰、陽兩界的阻攔，不再限制於鬼門。」

原來如此，她全都懂了。柳畫娘駭然地連小兔子都抓不住，任牠跑開。她引以為傲的畫藝，竟然成為差點引起陰陽兩界的動亂，這讓她大為吃驚。

「怎麼會這樣？」柳畫娘喃喃道。

「很不可思議，是不是？這世間本來就充滿很多我們所無法理解的事情。」

知道她衝擊太大，李蓉說道：「妳在這裡休息一下吧！在這裡很安全，那些鬼怪不會傷害妳的。」

柳畫娘仍被震撼地幽幽盪盪，彷若夢境。

這些日子以來，事端皆由她而起，她打破了陰陽之界，擾亂乾坤平衡，還害得仇端平受了重傷，差點魂飛魄散，如果他有什麼三長兩短……

不敢想，也不願意去想。自己造的孽障，卻要由他來承受。

憑什麼要仇端平為自己如此？奮不顧身的闖陰界、入鬼域，這叫她如何承受？柳畫娘在玉棺旁滑落，靠著棺壁閉上了眼睛。

※　　※　　※

仇端平張開了眼睛，不確定自己是不是還活著？

這裡是……陰界，灰藍的天空有流動的雲彩，和陽間的晴天自不可比擬。

他記得最後的印象是以血拭劍，立志斬妖除魔，好讓她不受傷害。那麼她呢？

坐了起來，環視四周。這裡究竟是哪裡？冥府嗎？這閻羅殿裝置的美輪美奐，那牛頭馬面豈不逍遙自在了？仇端平扶著有些發昏的腦袋，發現柳畫娘就在他身邊，不敢置信的望著她，難道她也死了？

「畫娘？」他驚疑的上前觸摸。

是溫熱的，她身上有陽間的氣息。

柳畫娘張開眼，看著眼前一片晦暗，有樹木、有花草，皆失了色彩，均籠罩在幽冥之間。

「端平？」

「妳沒事吧？」

仇端平沒事？李蓉沒騙她，他還好好的。柳畫娘心中激盪，終於忍不住抱住了他。

「太好了……我以為……」幾句話說的斷不成章，柳畫娘哭了出來。

「我很好，我真的很好。」

事實上，連仇端平也不知道自己是死是活。

第七章　失魂

「這裡是哪裡？我又怎麼會在棺材裡？」仇端平微蹙眉。

「那是為了幫你保命的。」

「怎麼說？」

柳畫娘讓自己鎮靜下來，扶起從玉棺裡爬出來的仇端平，雙雙坐在草地上，將適才發生之事說給他聽。雖然沒有陽間的色彩，但風吹、雲動，都感受的一清二楚。閉起眼睛，還可以聽到蟲聲鳥鳴，若不是處於陰界，會讓人彷若置於深宮內院、瓊樓玉宇。

仇端平摟著柳畫娘，聽她說完這一切，暫時放心了。問道：

「這麼說來，還得感謝他們了。公主和將軍呢？」

「不知道。」

「在這裡也不是辦法，我們是活人，還是得回陽間。既然那姬磊將軍曾在陽間出現，或許他有辦法送我們回去。」仇端平釐清現況，做了個歸納。

「說的也是。」柳畫娘充滿了希望。

「對不起，我……沒有盡到保護妳的責任。「救妳的人……應該是我，對不起。」仇端平突然說道，和姬磊比起來，他感到自己好無能。

柳畫娘望進他的眼底，低喟：

「為什麼要道歉？如果你真的為了我而出事，我絕不會原諒自己。我們非親非故，你從陽界追我到陰間，究竟為了什麼？」

「為了妳。我愛上妳了，畫娘。」

柳畫娘說不出話來，只覺身子微微顫慄。

晦暗的天色成了他們的保護色，喁喁私語、情意繾綣，在陰界的掩映下，無人探知……無人，不代表沒有其他雙眼睛看到。李蓉拉住了姬磊，免得他去打擾了人家。

「稍等一下。」

姬磊回過身來，無措的比手畫腳，李蓉笑著道：

「我知道、我都知道，你等了這麼多年，就是為了要有一個頭顱，好還完整的你，我也陪你等了，不是麼?你放心，我一定會完成你的心願的。」在她的安撫之下，姬將軍安心了下來。

李蓉靠在姬磊的懷中，撫著雕欄玉砌，一如生前在宮中，所差距的只是一個陽間、一個陰間。而心，始終如一。

第八章　鬧鬼

姬磊掀開玉棺的底部，仇端平和柳畫娘往下望去，赫然是一片無垠空間，黑邃而深不可測，而那片黑邃，又似星空，但這是陽界，不是天界，天外是宇宙。那麼地獄之下，又是什麼呢？

「從這裡就可以回到陽界了？」柳畫娘問道。

「沒錯，這是到陽界的通道之一。」李蓉回答著。

柳畫娘回過頭來，看著李蓉和姬磊，道：

「我回去之後，會完成妳所託付。只是我並未見過姬將軍生前的模樣，光用口述恐有誤差。」

「姬磊只是想要一個完整的他，至於長成什麼樣，倒不在乎了。何況他跟在我身邊這麼久，我在乎的是他的心。其他的，倒也不是那麼重要了。」李蓉說著

第八章　鬧鬼

取下姬磊身上的劍，朝姬磊的手臂一劃！

「妳做什麼？」仇端平驚叫。

李蓉將以姆指及中指夾住刀刃，取出了血，再往柳畫娘左手掌心滴入，那血液像被她吸收似的，掌心中間有一攤紅塊。

「我將姬磊的血液置於妳體內，等妳完成圖像，將血液滴入畫像眼中即可。」李蓉收起刀刃。

「我知道了。」柳畫娘握緊了手。

仇端平看著姬磊，由於沒有頭顱，他實在看不出他有什麼表情，就連話也不能講，雖然李蓉能和他心意相通，但可不代表別人也能。仇端平只好向李蓉問道：

「這會通到哪兒？」

「將到達柳姑娘居所附近的竹林，離屋子不遠。」難怪姬磊屢次出入都能神出鬼沒，不見蹤跡。

「我了解。多謝相救，這裡畢竟不適合久留，我們走了。」

「回去之後要小心，那些鬼怪恐怕還不會放過柳姑娘。」李蓉提醒著。

「我不會讓他們得逞的。」仇端平淡淡的道。

「路上小心。」

仇端平抓著柳畫娘，往下一跳——

他們並沒有如預期的往下墜，而是在黑暗中往上升，兩人相當詫異，抓住了對方免得迷失。

回過頭，李蓉和姬磊還站在玉棺旁，向他們揮手，兩人也展露笑意，朝他們兩個鬼招呼。

身子不斷的飄、飄，彷彿沒有了重量，自由自在的飛行，這是個十分奇特的經歷，沒有了任何負擔，柳畫娘好奇的左右張望，不敢亂動。雖然沒有光線，但仍能看清對方，這讓她感到不可思議。

「為什麼我可以看得到你?這裡並沒有光芒啊！」

「這是每個人身上都有靈光，只有在結界才容易看得出來。回到陽間的話，靈光便沒那麼明顯了。」

「原來如此。」

靈光流遍他全身，他身上每個細微動作都看的相當清楚，白淨的光芒使他看來宛若神祇，卻又不是那麼高不可攀，這就是她所依靠的人嗎？

他們越往上飄，就越聽到人聲吵雜，眼前也可以看到景象，等回神時，已落在竹林裡。不再是飄飄然的御風，而是能感受到大地的篤實了。

「我們回到陽間了嗎？」柳畫娘詢問。

「沒錯，我們回來了。」

明亮的陽光，灑在斑駁交錯的竹林間，照在青蔥翠綠的竹葉上，像是一片青網，將他們網住。這片明亮而富生氣的景色，只屬於陽間。

※　※　※

人聲鼎沸、腳步紛沓，柳畫娘疑惑起來，他們回對地方了嗎？她所居住的地方明明相當僻靜，鮮少有人來，怎麼這時候聽到許多聲響呢？

「柳姑娘？柳姑娘？」周大娘叫著跑了過來。

「周大娘，這是怎麼回事？」

周大娘沒有回答，反而朝背後大呼：

「喂！大伙快來啊！柳姑娘回來了！在這兒哪！快來人哪！」經她一叫，許多人跑了上來，都是柳畫娘所認識的。有些是附近的人，有些是柳家的佃農，每個人表情都鬆了一口氣，如釋重負。

「你們怎麼都在這裡？」

「小姐！」老徐走了上來，緊緊握住她的手，老淚縱橫。「太好了，我還以為妳……妳沒事就好了、沒事就好了。」

「這到底怎麼回事？」

「三天前我和邵公子來找妳，妳不見蹤影，把我們嚇了個半死。雖然已經去府衙報案，不過我還是不放心，帶著他們四處找妳。還好妳沒事。」瞧見柳畫娘

第八章　鬧鬼

身後的仇端平，老徐破口大罵了起來：

「一定是你這個渾小子，把我家小姐帶到哪裡去了？說！」

仇端平受這冤枉，也不氣惱，淡淡的道：「你別激動，老人家動火對身子骨可不好。」

「別跟我顧左右而言它，說，這幾天你把小姐帶到那去了？」

仇端平沒有說話，老徐更加氣惱：

「你這小子懂不懂得敬老尊賢？架子竟然這麼大？我看你也不是什麼好傢伙……」話還沒說完，就被柳畫娘拉到一邊，軟言勸解：

「老徐，好了，別跟他一般見識了。你說邵公子來找我？那他人呢？」柳畫娘轉移他的注意力。

老徐臉色一轉，神祕兮兮的道：

「邵公子他家裡出事了！」

「出事？」柳畫娘心頭一驚。

「是啊！最近城裡鬧鬼，這鬼找上邵家了。本來這邵家聽說有幅鍾馗圖，能鎮鬼祛邪，現在連邵家都出這事，我看……事情大條了。」

鍾馗圖？

柳畫娘和仇端平兩人面面相覷，因為受鬼怪侵擾的關係，反而把這事忘了。怎知那鍾馗圖竟然俱有靈性，能鎮鬼祛邪？現下讓仇端平毀了……莫怪她之前繪圖平安無事，原來是鍾馗保佑？

仇端平相當尷尬，不知如何是好？臉色相當難看。

柳畫娘想到這鎮鬼至寶，邵瑾嵐大方借她，竟然反招鬼禍，她心頭不安，思索該如何補償？

「有什麼好擔心的？」周大娘笑吟吟著指著仇端平：「這位公子不是會驅邪抓鬼嗎？小蓮就是被他救的呀！」

老徐將仇端平上上下下打量，沒好氣的道：

「他會驅邪？哼！這鬼搞不好就是被他帶來的。」

「仇公子可是小蓮的救命恩人，你怎麼可以這樣說？」周大娘嚷了起來，兩個老傢伙就在眾人的面前吵了起來，就連身邊的人群逐漸散去也不自知。

※　※　※

「鍾馗圖……怎麼辦？」仇端平不是沒有擔當的人，明白自己做錯什麼事，便思尋解決之道。

柳畫娘看著被斬成兩半的鍾馗，搖了搖頭：

「這圖既然是邵家的寶物，恐怕也不好解決。」她曾經想過再臨摹一幅，但是此圖既有靈性，恐怕不是易事，她可不敢保證她的繪圖能夠祛邪。再者她對自己所繪之圖已存戒慎，自不敢隨意落筆。

仇端平走到她身邊，拿起兩半的圖畫審視，復而放下，改將手搭在她的肩上。開口道：

「我上邵家負荊請罪。」

「這圖毀成這樣，你去的話，他們不知道會給你什麼刁難？」柳畫娘心是向著他的，她轉過身。「讓我再想想，或許還有辦法。」

「我知道妳關心我，不過事情是我做的，就讓我來承擔，妳不要想太多。好了，別再為這種事煩心了。才剛從陰間回來，妳不好好休息，淨想著這些，很傷神的。」

一時之間也想不出辦法解決，柳畫娘只好點了點頭。

※　※　※

說是休息卻也沒養神多久，擔心邵家的狀況，不多時柳畫娘便帶著仇端平到了邵府。

情況比她想的更為嚴重，老徐之前沒講清楚是邵瑾嵐出事。在他們抵達邵家之後，連個面都見不到，而由邵瑾嵐的弟弟邵瑾鵬在大廳接見兩人。

柳畫娘和這邵瑾鵬也是認識的，只是不若邵瑾嵐那般熟悉，既然相識，她也就開門見山問道：

「邵瑾嵐呢？怎麼不見人？」平常應該是他出來招呼的呀！

「我大哥他……」見邵瑾鵬吞吞吐吐、欲言又止，柳畫娘滿腹疑竇，卻又無法坐視不顧，便道：

「他怎麼了？」

邵瑾鵬張口欲言，仍沒有答話，在旁的仇端平倒是開口了：

「恐怕是出事了。」

柳畫娘轉過頭，既然邵瑾鵬遲遲不肯回答，仇端平又似知曉狀況，她等待他的解答。而邵瑾鵬聽仇端平這麼說，訝異的闔不攏嘴：

「你……你怎麼知道？」

「恐怕那些傢伙還沒解決完畢，跑到這裡來作怪了。」仇端平淡淡的道，他這話只有柳畫娘聽得懂。

「難道……他們找上了邵瑾嵐？」柳畫娘知他能力，倒也不懷疑，只恐出事。

「除非邵家能說清楚，否則我們也無從得知。」仇端平望著邵瑾鵬，邵瑾鵬聽他們言詞神祕，頗有玄機，思索片刻終於吐出：

「我大哥他不知道出了什麼事？這兩天像發了瘋似的，見人就打，就連我二哥也在阻止他的過程中，被他打成重傷。現在好不容易將他關在房間，他在裡面又吼又叫，好好的一個人，怎麼會變成這樣？哎……」邵瑾鵬忍不住嘆了口氣。

「帶我們過去看看吧！」仇端平提出要求。

「這……」

「你們將他關著並不是方法，要是不想辦法解決，恐怕邵府不但不得安寧，還會賠上他的一條命。」

見他說的嚴重，邵瑾鵬答應了。

※　　※　　※

「啊！」

淒厲的叫聲從前方傳來，邵瑾鵬加快了腳步跑了上去，仇端平和柳畫娘也

第八章　鬧鬼

隨後趕到，見著一名奴僕滿頭是血的向邵瑾鵬求救：

「三少爺……三少爺……」

「又怎麼了？」邵瑾鵬惱著問，有絲無可奈何。

「我……我從窗戶要拿飯給大少爺吃，大少爺他……就抓住我的頭，我死命的拉開他的手，才……才逃了出來。」那名奴僕心有餘悸，連話都說的結結巴巴的。

邵瑾鵬深吸一口氣，揮了揮手：

「你下去吧！」

那名奴僕連滾帶爬的跑走了，柳畫娘看到窗口都做了屏障，只容得雙手進出，人想要從裡面出來是不可能的。

「你們把他當囚犯關起來？」

「剛剛你們都看到的了，要是讓他有機會的話，豈不又傷了更多人？」邵瑾鵬語重心長的道。

仇端平走上前，由縫隙向裡頭望去。

裡頭有名少年坐在地上，雖然披頭散髮，仍難掩其俊秀之姿，但見他舉起左手，舔著上面的血絲，還露出一抹微笑。

柳畫娘也想一探究竟，被仇端平阻止了。

「別過來。」

「邵瑾嵐他怎麼樣了？」

仇端平將柳畫娘帶到一旁，避免她看到殘忍場面，才開口道：

「我得進去跟他會一會。」

「你要進去？不行！萬一他向你攻擊的話怎麼辦？剛剛那情況你也見到的了。」

「不入虎穴、焉得虎子。」仇端平檢查身上的武器。

「太危險了。」

「陰界我們都去過，還怕什麼呢？」不待她抗議，仇端平對邵瑾鵬道：「先讓我進去，沒有我的命令，誰都不許進來。」

邵瑾鵬對這男子心存疑慮，再聽見他要進去和邵瑾嵐共處一室，試著阻止：

「我大哥他現在不知道出了什麼事？你這樣貿然進去，太危險了。」他還不知道他是什麼人呢？

「我現在不就是要進去查明真相嗎？將他關在裡面也不是辦法。等我一進去，就立刻將門鎖上。」仇端平解開門上的鐵鍊，邵瑾鵬勸阻不及，只好在他閃身進去的那一瞬間，立即將門關上。

「端平！」柳畫娘阻止已來不及，只能從窗戶的縫隙中，看著仇端平向邵瑾嵐一步一步的走去。

「柳姑娘，別離窗戶太近。」邵瑾鵬將她帶離窗邊。

柳畫娘站在門外，儘管心憂如焚，卻只能眼睜睜看著他踏入未知的危機中。

※　　※　　※

仇端平站在屋內，和邵瑾嵐相對峙。

原本在噬血的邵瑾嵐見有人闖入，抬起頭來，眼露兇光，並充滿戒慎，望著一步一步向他逼進的仇端平，他蹲在地上，弓起了身子，張牙舞爪，仇端平不由得一愣！

這……根本不是人，是野獸！

邵瑾嵐的狀況比小蓮還要嚴重，小蓮只是受邪氣所染，逼除邪氣已無大礙，而邵瑾嵐的腦子已受到邪靈入侵，由邪靈掌握，不僅失了人性，所作所為均以最原始的天性出發，就算他能制得了邪靈，邵瑾嵐恐怕也會受傷。

但若不除，這些鬼物又會糾纏柳畫娘，為了她的安危，他得放手一搏！

「我本來不想對付你們，但是你們來到陽間，在這裡胡作非為，亂人心、擾正道，就不要怪我不留情了。」

邵瑾嵐朝他飛撲，仇端平身子一閃，邵瑾嵐撞了個滿頭包，哀嚎不已。

「我知道你聽得懂我的話，別再逞強了，是要你自己走，還是我送你一程？」仇端平踩住他的背。

邵瑾嵐掙扎的想要爬起來，卻沒有辦法，只能大口的喘著氣，狠狠的瞪著仇端平。

「還是不願意？」

邵瑾嵐回頭一撲，狠狠的咬住仇端平的腿，剎時皮開肉綻、鮮血淋漓！

沒料到會有這一招，仇端平踉蹌的退了幾步，見邵瑾嵐又要撲了上來，情急之下，他從身後亮出伏魔劍——

「不准傷害我的孩子！」一個老婦人闖了進來，推開仇端平。

仇端平錯愕的望著眼前的老婦，她的容貌和邵瑾嵐有幾分相似，再聽著她那樣說，應是邵瑾嵐的母親沒錯。

「娘、娘！」邵瑾鵬跑了進來。「妳別進來，危險啊！」

「就算危險我也要進來，他要殺你大哥啊！」邵母抱住在地上的邵瑾嵐，痛哭失聲。

柳畫娘跟在邵母後面，見到眼前的狀況，驚呼起來：

「端平，你腳怎麼了？」

「皮肉之傷而已，不礙事。」

邵母抱著邵瑾嵐，斥責邵瑾鵬：

「瑾鵬，再怎麼說，瑾嵐是你的哥哥呀！你叫個外人來殺他，你這樣做，對得起他嗎？」

「娘，他……他已經不是大哥了。」邵瑾鵬痛心的道。

「什麼不是瑾嵐？你瞧他現在這個樣子，你這個做弟弟的，難道沒有一點感情嗎？」邵母緊抱著邵瑾嵐，天生的母性使他對抗欺侮孩子的敵人，她狠狠的瞪著仇端平。

仇端平當然知道她的心，只是邵瑾嵐已經失了人性，只是頭野獸而已。

「快離開他，他現在很危險……」

「你閉嘴！拿著劍想要殺我兒子的人，說的話能聽嗎？」邵母只想要捍衛她的孩子，而蜷縮在她懷裡的邵瑾嵐在歇息片刻後，黑白分明的眼睛骨碌碌的轉動，嘴角露出得意的微笑……

然後迅速的從邵母的懷抱脫離，邵瑾嵐衝了出去！

邵母大驚，追了出去：

「瑾嵐，你回來呀！回來呀！瑾嵐……」

仇端平一拐一拐的追了出去，見邵瑾嵐迅如豹、躍似貓，轉瞬之間，爬上了樹幹，跳到屋頂上跑了。

第九章　周旋

邵瑾嵐失蹤了，邵府上上下下沸騰起來，深恐他出了事，雖然派出人馬去找，卻始終無消無息。

雖似平靜，而天際雲層流動詭異，氣流波動難平，眾人只道是起風了，而在仇端平的眼底，那雲層、那風勢，卻是天生變數的預兆……

「在看什麼？」

柳畫娘見仇端平站在庭院，凝視遠方已有半柱香的時刻，本來不願打擾，但為時過久，她不禁起憂。

仇端平沒有說話，臉色凝重。

柳畫娘走到他旁邊，順著他的視線往遠方望去，但是雲層似海，忽起忽伏、捉摸不定，風刮在臉上，疼痛的像是可以刮出痕跡。

第九章　周旋

柳畫娘拉過仇端平的手臂，喚回他的注意力，並問：

「是不是有什麼不對勁？」

仇端平也未隱瞞：

「今天晚上白虎入喪門，恐有大兇。」仇端平將視線移到柳畫娘身上，但見狂風吹得她瞇起了雙眼，髮絲凌散，仇端平幫她撫順飛揚的髮際。

見仇端平異常嚴肅，眉頭微蹙，柳畫娘心頭沉了一下。

「會發生什麼？」

仇端平深吸一口氣，空氣中帶著淡淡的濕意，有些混濁，不似往常的乾淨純粹，比他料想的還要嚴重。

向來敏感的柳畫娘不願放棄，追問：「你倒是回答啊！」

「妳不用想太多。」仇端平摟住了她的肩膀，為她遮住些許寒意。

「今天晚上……是那幫惡鬼會出現嗎？」

「沒錯。今天晚上妳就待在房間，無論有什麼動靜都不要出來。」仇端平吩咐著。

「你叫我躲在房間，這樣就可以避得了一切嗎？」

「我會盡力。」

她什麼都不懂，不想發生事情時成為累贅；可是明知仇端平在前面奮鬥，要她躲在一旁，她的心便懸在空中放不下來。

「讓我幫你。」她下定決心。

「不行！」他像受了驚嚇，再次強調：「聽我的話，今天晚上待在屋子裡面，不要出來。」

「你要怎麼做？」

「我自有定奪。」

雖然仇端平一再要她相信自己，可是柳畫娘就是無法安心。

她低頭沉思，見到左手掌心的紅血塊，突然發怔起來……

※　　※　　※

第九章　周旋

傍晚時分，落日火紅，雲霞甚豔，頗為詭麗。

風起，枝葉搖擺，颯颯作響。

「風怎麼這麼大？」

「別再說話了，那個仇公子說過了，叫我們在太陽下山之前，一定要把這些貼好。」邵府的家丁上下忙碌，片不得閒。

還好柳畫娘和邵瑾鵬談過，願意幫助仇端平，借他一些人做事，要不然靠他們兩人，恐怕還沒布置就出事了。也是因為最近城內鬧鬼鬧的沸沸揚揚，所以有人趨鬼的話，自是一件好事，家丁們也不敢大意。

日頭甫落西山，那黑暗便急促的籠罩，就連風勢也陡的增強，人像是會被吹走似的，慌的邵府上上下下忙躲進屋子內，不敢外出，只剩仇端平和幾個勇壯的家丁站在外面，注意外面的動態，不敢掉以輕心。黃沙落葉像是數枚暗器，漫天飛舞，讓人分不清前後左右，吹的眾人睜不開眼睛。

「哎喲！」開始有人哀嚎！

「我的眼睛！」

「這葉子打人會痛的！」

仇端平也幾乎看不清眼前，他瞇著眼睛，努力辨識他們的狀況，惡鬼利用黃沙落葉作為武器，尚未出招，就已經他們的戰力消耗了。

「混帳！」仇端平憤憤咒罵。

那風勢更加張狂，吹的樹枝紛紛彎腰，冷冽的寒風穿透了肌膚，冷到骨髓裡。已有人支撐不了，棄甲投降。

「仇公子，這樣根本打不了啊！」邵瑾鵬費了好大的勁，才走到仇端平身邊說話。

「這才剛開始而已。」

「才剛開始？」邵瑾鵬心都涼了，那後續怎麼辦？

仇端平見邵瑾鵬安排的人手人心惶惶，從來沒跟鬼怪搏鬥，他們的害怕也是情有可原。

第九章　周旋

陰風陣陣，鬼號大起。

像是壓在地底下的聲音，傾巢而出，東南西北，都有嚎叫的聲響，那聲音聽了讓人頭皮發麻，渾身直打冷顫，而中間音調尖拔的笑聲，更讓人心涼。

「這……這是什麼聲音？」

「我的媽呀！」率先跑進屋子的，是個塊頭最大的大個子，他一進去，開始群起效之。錢可以不賺，命不可以不保。

只剩下幾個見主子在現場，還不敢離開的家丁，其中一個年紀看來最大，顫抖的道：

「三少爺，進……去吧？」

「你們……」邵瑾鵬見個個如驚弓之鳥，還沒打就失了威風。

「都進去吧！」仇端平開口了。

邵瑾鵬驚愕的望著他，只見仇端平繼續吩咐：

「進去之後，立刻把門關起來，不到天明，絕不能出來。其他的，照我的吩咐去做。」

「是、是。」

一眨眼，十來個家丁跑的一個都不剩，只有邵瑾鵬陪著仇端平面對黑不可測的夜，小心鬼魅隨時會凌空而至。風刮的更強了，像從四面八方而至，門窗都被吹的咚咚作響。

屋內響起一片驚慌聲，邵瑾鵬一驚，心神一分散，整個人幾乎被吹倒，虧得仇端平扶住了他。

「小心點！」

「裡頭不會有事吧？」邵瑾鵬相當擔心家人。

像是應和著他的話似的，立刻傳來一陣密集而緊促的聲音，細聞其中，正是大佛頂首楞嚴神咒，此咒四百二十七句，二千六百二十字，經聲朗朗、平穩規律、清音越昂。這經聲自然也是仇端平安排的。

那風勢在經聲響起之後，突然減弱，不敢放肆。

第九章　周旋

隨著眾鬼的憤怒咆哮，經聲更響亮了。

黑壓壓的天際暗雲翻攪，迷霧生起，仇端平感到陰風邪魅，一個不察，他的臉頰被劃出了一道傷口——

「唔……」他按著傷勢，見著鮮血流了下來。

一道人影立於屋頂，邪風吹散了雲層，森冷的月光照在那人的身上，邵瑾鵬不由得吃驚了：

「大……大哥？」

「他現在不是你的大哥。」仇端平淡淡的提醒，從背後取出伏魔劍。劍身在月光下銀光閃閃，寒氣凜然。邵瑾鵬隨即想起邵瑾嵐已被附身，他的魂魄、思緒都不是他大哥，正是他們要對付的邪靈。

「仇公子，現在怎麼辦？」

「將邵瑾嵐身上的邪魂逼出來。這邪魂是這次作亂的頭頭，只有抓了他，才能平息這場紛亂。」

邵瑾嵐從屋頂上跳了下來，邵瑾鵬大吃一驚。這要是尋常人的話還得了？可他竟然見著他大哥在空中飛舞，而且……他的周遭有許多鬼怪相伴，像是他悠游於海洋當中，輕快自若，而且還朝他們飛撲了過來！

仇端平朝空中劃著陣法，但見那劍身透光，而流光迷離，化為飛箭，形成保護，眾鬼倒也不敢近身。

「怎……怎麼這麼多啊？」從沒見到這麼多鬼怪的邵瑾鵬，還能說出話來已是奇蹟。

「你看得到？」仇端平錯愕的問道。

「我八字輕嘛！不過我大哥八字比我重，怎麼還會遇邪呢？」這是令他大惑不解的。

「既然你看得到，正好。」仇端平不由分說，將個瓶子往他懷裡塞，「潑準一點，省著些用，我們要撐到破曉時分。」

邵瑾鵬知道這是什麼，正是下午仇端平吩咐他們去廟裡求來的大悲水，既

第九章　周旋

然想救大哥，他全聽仇端平的了。見那鬼怪想往家裡衝，邵瑾鵬打開塞子往前一潑——

只見那鬼哀嚎不已，捧著臉頰又叫又跳！本來就已經長得很恐怖了，再加上大悲水的法力，讓他臉上像燒了個洞似的，還有血液汩汩的流出來，更顯猙獰。

「南無觀世音菩薩、南無觀世音菩薩……」他每潑灑一次，便唸一句，以期上天保佑。

而仇端平則拿著伏魔劍，與眾鬼周旋。

張牙舞爪、狂狷作態，人與鬼的大戰，在淒迷的夜裡展開，那鬼怪倒也機伶，幾次吃虧後，便不肯再逞強，反倒逗起他們來，開始採取車輪戰，不願正面回應，只把他們搞的氣喘吁吁，汗流浹背。

「仇大俠、仇大俠！」邵瑾鵬跑到他旁邊，緊張兮兮的道：「這大悲水，已經沒剩多少了。」從原來的滿瓶到現在的涓滴，邵瑾鵬不知道能夠撐到什麼時候？

「不是叫你省著點用嗎？」

「鬼怪那麼多，我也沒有辦法啊！」邵瑾鵬相當委屈。

就在他們爭論之際，忽見眼前惡鬼全部退去，就連邵瑾嵐也不見蹤影，只傳來聲音——

「嗚……嗚……娘……娘……」

「大哥？」邵瑾鵬吃驚的喊了起來。

「嗚……嗚……娘……」悲泣聲從四面八方傳了出來，仇端平一驚，附在邵瑾嵐身上的鬼怪太刁鑽，竟然冒充邵瑾嵐的聲音，騙取邵老夫人的同情。

「惡鬼，住口！」

經聲停了下來，邵老夫人從裡面衝了出來，幾個家丁婢女還攔不住她，讓她跑了出來。

「瑾嵐，瑾嵐，你在哪裡？」

「娘……我在這裡……」邵瑾嵐的聲音悠悠邈邈，氣虛如絲，驚得邵老夫人是冷汗涔涔。

「邵老夫人，那不是妳兒子，妳快回去！」仇端平心驚膽跳，這老夫人怎麼這麼不聽話？

「那明明是瑾嵐……」

「那不是邵瑾嵐，妳再不進去，所有的人都會遭殃！」仇端平拉著邵老夫人，想要把她帶進去，偏偏她不領情，還在那兒大叫：

「瑾嵐，你在哪兒呀？」

原先氣若游絲的聲音倏的轉成得意猖狂的笑聲，邵家門戶大門，仇端平吩咐貼在門窗上的符咒失了效力，陰風全往裡頭吹去——

「啊！」

「救命啊！」

「來人……來人啊……」

陰風狂嘯，鬼聲不絕，嚇得眾人是跑了又跌、跌了又跑，那淒厲的叫聲，聽起來竟也像是鬼嚎，事情演變至如此，已所料未及。

而沒見著邵瑾嵐的邵老夫人，更是發了瘋的捶打著仇端平：

「你還我兒子來！你還我兒子來！」

仇端平根本無力招架，再說他也不會對一個老婦人動手，只得任由她發飆。只是知道鬼怪的目標是柳畫娘，如今邵府門戶大開，恐有虞慮。

「畫娘！」仇端平準備衝進去。

「還我兒子來！」

「娘、妳別亂來！」邵瑾鵬抓住了邵老夫人，讓仇端平進去找人。

第十章　封筆

被老夫人一搗亂，原本由符咒組成的結界有了缺口，眾鬼趁隙侵入，叫聲不絕於耳，八字輕看得到鬼怪的人，見天上飛的，地上爬的，均是雙眸發光，尖牙利嘴的鬼怪，嚇得暈倒的也有，落跑的也有，求觀音佛祖的也有，哭爹喊娘的也有。

而看不到另外一種生物的人，見到椅子無人搬移卻自己移動，本來置於地上的桌子均飄到空中，驚慌狂奔，猶如螻蟻般亂竄。

「畫娘！」仇端平衝了進去，打開柳畫娘的房間，卻不見人影。

血液直衝腦門，他驚懼不已，難道他遲來一步？

不願相信自己所見，他發了狂在邵府內尋找，叫著跑過他眼前的人不知多少，卻沒一個是她！

「畫娘！畫娘！」

每一扇門都被他打開，每一道門檻都被他踏過，但都不見蹤影，鬼哭神號，不絕於耳，人聲、鬼聲，混雜成驚心動魄的協奏曲。一股邪氣直逼他的後腦勺，仇端平迅速閃開，他眼前的柱子突然爆裂。仇端平回過頭來，但見被邪靈附身的邵瑾嵐飄坐在空中，惡狠狠的瞪著他，藉邵瑾嵐的軀體開口：

「柳畫娘人呢？」仇端平大愕，如此詢問，莫非柳畫娘並沒被他們發現？雖然不知她跑到哪兒去了？但只要她沒事，仇端平也就鬆了一口氣，可以專心的對付眼前被邪魂附身的邵瑾嵐。

「你沒資格知道。」

「你以為憑你一個人的力量，可以對付得了我們嗎？我想我的弟兄們，都很想知道柳畫娘的下落。」邵瑾嵐話一說完，像是呼應他似的，響起了一片號嘯。

「你們休想動她一根寒毛！」仇端平的眼底閃著火焰。

「你別敬酒不吃吃罰酒。」

第十章　封筆

「少廢話。」仇端平舉著伏魔劍，全身怒火沸騰。

「既然如此，就別怪我不客氣了。兄弟們，替我好好照顧他，我去找柳畫娘。就算她被藏到土裡，我也會把她挖出來。」邵瑾嵐邪魅的一笑，身子迅速的移動。

「站住！」仇端平想要追上，卻有不少東西迎面飛來，桌子、椅子、花瓶、杯子全都以他為目標飛來，他趕緊護著頭部，免得被砸到腦袋。

可惡！千萬不能讓他得逞，仇端平眼露銳光，瞄準邵瑾嵐，將手裡的伏魔劍用力擲了過去——

「唔……混帳！」

原先身形輕盈的邵瑾嵐受這一劍襲擊，他閃避不及，被刺中手臂，整個身子掉了下來。

仇端平追了過去，卻見著邵瑾嵐眾鬼護身，彷如鬼王。

「敢傷我……好、很好。」邵瑾嵐喘著氣說話，顯然仇端平已經惱怒了他，他口裡發出人們聽不懂的聲音，於是眾鬼停止對其他人的攻擊，紛紛聚到他的身邊，如同簇擁，彷若鬼王。

只見邵瑾嵐伸手一指，眾鬼向仇端平衝了上去！

陰風陣陣、鬼哭神號，天地變色，倏然——

「住手！」

一道宏亮的嗓音壓過了鬼號，繼而凌空出現一道身影，氣勢懾人，手持刀刃，力斬眾鬼。而流竄在眾鬼之間是一道流光紅雲，忽而在此、忽而在彼，鬼魅畏怯，想要逃跑，卻不是被刀刃斬殺，就是被紅雲襲擊。

「端平！」仇端平循聲望去，柳畫娘正向他跑過。

「畫娘！太好了，妳沒事！」仇端平忘情的擁抱她。

柳畫娘手足無措，忙捶打著他：「把我放開啦！」

思及現在的處境的確不適合溫存，仇端平望著眼前的狀況，李蓉她是知道的，只見她魅影一閃，眾鬼哀嚎，而另外一位他沒見過面，可那身影好熟悉，

第十章　封筆

仇端平不禁脫口問道：

「那是誰？是……姬將軍嗎？」跟在李蓉身邊的，除了他還有誰？

「沒錯。」柳畫娘得意的笑著。

仇端平不敢置信的望著姬磊，見他雖為鬼魅，卻陽剛威武、粗獷豪放、面寬眼銳、雄霸一方，將一干鬼怪殺得落花流水。

「這是怎麼回事？」

「我只是完成了姬將軍的圖像。」柳畫娘將手掌攤給他看，上面原有的紅色血塊已經消失，只有一道傷痕。「既然你不讓我幫你，我只好另謀它法，為你解決這幫鬼怪。我怎麼能夠讓你單打獨鬥呢？」

「妳……」仇端平激動的說不出話來。

仇端平見姬磊和李蓉在對付那幫鬼怪，一時之間也難分難解，此禍不除，以後將夜長夢多。

「等我。」

仇端平上前拿起了伏魔劍，投入戰場之中。

※　※　※

邵瑾嵐被姬磊打的節節逼退，他想躲、想閃，都無路可退，李蓉見他想逃，飛身擒住他的天靈蓋，用力一抓——

「啊！」

從邵瑾嵐的頭部出現一個鬼頭，雙頰削瘦，頭頂長角，而那雙眸有如牛眼，瞳孔還泛光青光，而嘴巴更是張裂的不成原形，還溢出不少唾沫，緊接著是鬼身，透著青光可以看到骷髏，不多時，整個鬼魅被李蓉從邵瑾嵐的身子撕裂開來，邵瑾嵐也不支倒地。

而其餘的鬼怪見邵瑾嵐倒地，逃之夭夭。

仇端平本來準備將這些鬼殺得乾乾淨淨、片甲不留，見他們畏縮逃跑，反倒氣惱起來，怒喝：

「別跑！」

第十章　封筆

「端平，等一下！」柳畫娘抓住他。

「讓我去把他們除掉。」

「你這樣子不是辦法，他們到時還是會再來糾纏。」

「那怎麼辦？」他心煩意亂。

「跟我來。」柳畫娘說著便往邵府裡頭走，仇端平見狀連忙跟了進去。

半夜邵府只有他們在裡頭亂闖，其他的人早就找地方躲了起來，有些房間還傳出朗誦的亂七八糟的佛經，看來邵府的人全都被鬼魅亂了心神。

柳畫娘帶領仇端平來到了一間房間，裡頭燈火通明，桌上還擺著一幅圖。

「這是……」仇端平拿了起來。

那是姬磊，威風凜凜、氣勢逼人，他的眼睛是紅色的，想必是柳畫娘將他的血滴入其中。

仇端平放下了畫，舉起柳畫娘的左手。

「你做什麼？我正在忙。」

「痛嗎？」仇端平撫著上面的傷痕問道。看得出來她是用針刺破自己手掌，讓血液流出來。

「已經沒事了。」柳畫娘想要縮回來，仇端平卻相當不捨。

「讓妳受傷了。」

「受一點傷，能把這幫鬼怪除去，也是值得的。好了現在要辦正事，你過來幫我。」

柳畫娘將《覺醒圖》攤開，調和水份顏料比例，拿起畫筆入畫。

「這怎麼在這裡？」仇端平驚愕的問道。

「傍晚時我託人送過來的，在這之前，我都在邵瑾嵐的畫室裡畫姬磊的圖像，現在已經完成了，就可以專心畫《覺醒圖》了。」

難怪自己在柳畫娘的房間找不到她，原來她跑到這裡來了。

「不准畫！」他搶過她的筆。

「你在做什麼？」

第十章　封筆

「這句話應該是我問妳的，妳還沒得到教訓嗎？外面還有惡鬼，妳又想動筆，難道妳嫌情況不夠混亂，又想做什麼？」仇端平惱怒的道。

「你先沉住氣，聽我說，事情從什麼地方開始，就要從什麼地方結束。」

「什麼？」

柳畫娘迅速解釋，仇端平聽了之後，眉頭舒開來，他馬上幫柳畫娘張開圖畫。毫筆浸入顏料，開始勾勒出形狀，同時注意外頭的妖魔鬼怪，不讓他們來打擾。

當屋外李蓉與姬磊在追趕殘餘的鬼怪，屋內仇端平則幫著柳畫娘的忙，兩對佳偶同心協力除去這幫惡鬼。

長夜漫漫，但聞鬼號不絕。

當雞啼第一響時，四周卻是靜謐，邵府的人才慢慢走出屋子，見到太陽的光芒，恍若重生。

昨夜那場人鬼殊戰，像是一場惡夢，是怎麼熬過的都難以忘懷。

清晨陽光灑落進來，邵瑾鵬走出屋子，見到邵瑾嵐站在庭中，初時見到還被嚇了一跳！直至邵瑾嵐望著他，輕輕吐出：

「瑾鵬……」

「大哥？你認得我了？」邵瑾鵬驚喜的叫了起來：「娘、娘！你們大家快出來啊！大哥他好了！他真的好了！」

整個邵府開始騷動，震驚了仇端平和柳畫娘。他們緩緩步出屋外，見到邵府上上下下為邵瑾嵐的痊癒而歡呼，這喜氣去除了所有的不安。

徹夜未眠，柳畫娘有些疲倦，她靠在仇端平身上。

「天亮了。」

「是啊！」仇端平環住她的腰。

「他們……都被抓走了嗎？」

「都被抓走了，我確定。」仇端平有異於常人的第六感，從他的口中說出來的話，格外的有分量。

第十章　封筆

「那就好。」她寬心了。

初曉的陽光相當可喜，似乎比往日更閃爍耀眼，邵府大大小小，都浸潤在這層喜悅當中，難得的全員早起。

而屋內伏案上，攤開的《覺醒圖》上，還有些墨汁未乾。

牛頭馬面、黑白無常、閻羅判官，鬼將鬼差，一夜之間，全部完成。

這些地府的執法者注意著眾鬼，監視著他們在地獄的動態，再也不准到人間放肆，那鬼號彷彿更加痛苦了。

※　　※　　※

將《覺醒圖》交給覺明寺，邵府方面也不再追究鍾馗像被毀之事。柳畫娘也打算暫時封筆，仇端平明白畫魂一事，對她的影響太大了。

現下她最需要的，就是好好的歇息。

「畫娘！畫娘……」仇端平從外面進來，見到柳畫娘又伏在案桌前，不禁詫異起來。「妳在做什麼？」

「你不是看到了嗎?」柳畫娘頭也不抬,她快完成了。

「妳不是打算封筆,等休息一陣子後,才要出發嗎?」

「沒錯,但是這幅畫如果不畫完的話,我會覺得有件事沒做完。」柳畫娘謹慎的落筆,不敢有所誤差。

仇端平見她畫的認真,上前詳看——

那是名姿容絕美的女子,全身紅裳如同天邊流動的霞雲,隨時會飛起來似的!她站在一名將軍的身邊,兩人看起來速配極了。

「這是李蓉!」他脫口而出。

「沒錯。」尚未完成李蓉的眼睛,柳畫娘小心翼翼將最後的紅色顏料滴入,剎那間讓人產生錯覺,以為人物像是要從圖裡飛出來似的。

「妳畫這做什麼?」

「你不覺得姬將軍一個人的話,未免太孤單了?」

「這倒也是。」

第十章　封筆

「所以我向李蓉要了一滴血，以便讓這幅畫能夠更完整。」

完成之後，柳畫娘放下畫筆，吁出一口氣，最近的畫都太勞心傷神，她覺得整個人都快掏空了。

仇端平望著圖畫中的一男一女，多虧了柳畫娘的手藝，男的俊逸、女的嬌媚，郎才女貌，確實賞心悅目。

「畫完了?」

「嗯。」

「我跟妳提過的那件事，妳考慮的怎麼樣了?」不怕陰府、無畏鬼魅的仇端平，這時在跟柳畫娘說話的時候，顯得小心翼翼。

柳畫娘聞言低下頭，玩弄著裙擺。

仇端平靠了過去，繼續說道：

「妳住在這裡這麼久了，要妳走的話，妳也捨不得。可以的話，我希望妳能夠答應。畢竟這個地方發生這麼多事，離開的話，對妳也有幫助。更何況……

我會保護妳，不讓妳受傷害。」

「再過兩天吧！等我把這邊的事情都處理完。」這一走，恐怕就不會回來了，她得跟老徐好好交代呢！

「既然如此，那我們就先出去走走吧！下了好幾天的雨，最近總算放晴，再不出去，人都要發霉了。」

柳畫娘望著屋外的天氣，天藍雲白，竹青葉綠，她心動了。

「好啊！」

「走吧！」仇端平牽著她的手，不再放開。

柳畫娘跟著他離開小屋，踏入浩翰廣闊的天地，而這宇宙蒼穹，流動著多少故事。

風起，而置於伏案上的圖畫仍穩穩的讓紙鎮壓著。

畫中，偎在男子身邊的紅衣女子，浮出了一抹不易察覺的微笑。

電子書購買

國家圖書館出版品預行編目資料

冥晝 / 梅洛琳著 . -- 第一版 . -- 臺北市：崧燁文化事業有限公司 , 2021.09

面；　公分

POD 版

ISBN 978-986-516-846-9(平裝)

863.57　　110014931

冥晝

臉書

作　　者：梅洛琳

發 行 人：黃振庭

出 版 者：崧燁文化事業有限公司

發 行 者：崧燁文化事業有限公司

E-mail：sonbookservice@gmail.com

粉 絲 頁：https://www.facebook.com/sonbookss/

網　　址：https://sonbook.net/

地　　址：台北市中正區重慶南路一段六十一號八樓 815 室

Rm. 815, 8F., No.61, Sec. 1, Chongqing S. Rd., Zhongzheng Dist., Taipei City 100, Taiwan (R.O.C)

電　　話：(02)2370-3310　　　　傳　　真：(02) 2388-1990

印　　刷：京峯彩色印刷有限公司（京峰數位）

定　　價：250 元

發行日期：2021 年 09 月第一版

◎本書以 POD 印製